La vida feliz

David Foenkinos
La vida feliz

Traducción de Regina López Muñoz

La vida feliz

Título original: *La vie heureuse*

Primera edición en España: septiembre de 2024
Primera edición en México: septiembre de 2024

D. R. © 2024, David Foenkinos

D. R. © 2024, Penguin Random House Grupo Editorial, S. A. U.
Travessera de Gràcia, 47-49, 08021, Barcelona

D. R. © 2024, derechos de edición mundiales en lengua castellana:
Penguin Random House Grupo Editorial, S. A. de C. V.
Blvd. Miguel de Cervantes Saavedra núm. 301, 1er piso,
colonia Granada, alcaldía Miguel Hidalgo, C. P. 11520,
Ciudad de México

penguinlibros.com

D. R. © 2024, Regina López Muñoz, por la traducción
D. R. © diseño: Penguin Random House Grupo Editorial, inspirado en un diseño original de Enric Satué

Penguin Random House Grupo Editorial apoya la protección del *copyright*.
El *copyright* estimula la creatividad, defiende la diversidad en el ámbito de las ideas y el conocimiento,
promueve la libre expresión y favorece una cultura viva. Gracias por comprar una edición autorizada
de este libro y por respetar las leyes del Derecho de Autor y *copyright*. Al hacerlo está respaldando a los autores
y permitiendo que PRHGE continúe publicando libros para todos los lectores.

Queda prohibido bajo las sanciones establecidas por las leyes escanear, reproducir total o parcialmente esta obra
por cualquier medio o procedimiento así como la distribución de ejemplares
mediante alquiler o préstamo público sin previa autorización.
Si necesita fotocopiar o escanear algún fragmento de esta obra diríjase a CemPro
(Centro Mexicano de Protección y Fomento de los Derechos de Autor, https://cempro.com.mx).

ISBN: 978-607-384-897-8

Impreso en México – *Printed in Mexico*

Para amar más aún la vida, debíamos incluso morir una vez.

CHARLOTTE SALOMON

Primera parte

1

Éric Kherson tenía aprensión a los aviones desde siempre. En general dormía bastante mal la víspera del viaje, se dejaba convencer por las peores hipótesis e imaginaba todo lo que dejaría atrás a consecuencia de una muerte violenta en un accidente. Pero el deseo de explorar otros lugares era más fuerte que el miedo, en el combate incesante entre nuestras pulsiones y nuestros temores.

2

Como nueva jefa de gabinete del secretario de Estado de Comercio Exterior, Amélie Mortiers tenía la tarea de formar equipo. Nada más asumir el cargo en mayo de 2017 pensó en Éric para que la acompañara en aquella aventura, una elección bastante insólita que sorprendió en su entorno. Podría haber dejado que los cazatalentos le propusieran perfiles experimentados, pero no, prefirió recurrir a un compañero del instituto. Y eso que se habían perdido la pista por completo desde los años de Rennes. El reencuentro se había producido unos meses antes gracias a Magali Desmoulins, quien tuvo la idea de crear el grupo de Facebook de exalumnos del Chateaubriand. Si bien la iniciativa podría haber parecido patética,* a la mayoría de los invitados les había encantado. Evidentemente, cada uno se había recorrido el perfil de los demás deseoso de comparar trayectorias. Los fracasos ajenos siempre nos alivian un poco de los nuestros. Así fue como Amélie Mortiers acabó en la página relativamente inactiva de Éric Kherson. No contenía ningún elemento personal, solo comentarios sobre la actividad de Decathlon. Durante casi veinte años, Éric había ido ascendiendo en la jerarquía de la empresa, de vendedor raso a director comercial del grupo. En cuanto se lo veía un poco cansado, la gente le soltaba el eslogan de la marca: «¿Qué? ¿En plena forma?», a tal punto que Éric llegó a aborrecer aquel lema ridículo sin que nadie se diera cuenta; sonreía con indiferencia, como un hombre de vacaciones de sí mismo.

Se quedó cuando menos sorprendido de que Amélie le escribiera. Éric conservaba el recuerdo de una chica altiva cuya seguridad en sí misma rozaba lo desdeñoso. Tras los exámenes de acceso a la universidad, se trasladó a París para cursar unos brillantes estudios que acabaron abriéndole las puertas de la Escuela Nacional de Administración. Releyendo su mensaje, Éric se dijo que la había juzgado mal. La lucidez sobre los demás nunca había sido su fuerte. Una mujer que ocupaba un puesto así, que le escribía personalmente a través de Facebook con vistas a hacerle una oferta profesional, denotaba

---

* ¿Acaso no hay una forma de renuncia al presente en toda exaltación del pasado?

más bien un carácter sencillo y directo. Sí, le había hablado de «oferta». ¿Qué querría? ¿Y por qué él? No perdía nada por escuchar lo que tuviera que decirle. Acordaron verse al día siguiente a las ocho de la mañana en un café de la rue du Bac. Éric consideró que en una cita a una hora tan matinal no cabían segundas lecturas. El futuro asoma más fácilmente por la noche. Llegó un poco antes de la hora para tomarse un expreso doble como preludio a su primera conversación. Amélie entró en la cafetería con suma puntualidad, como si su cuerpo viviera al ritmo de su agenda. Antes del reencuentro, Éric había examinado a escondidas las fotos recientes de ella que se encontraban por internet, pero, como él no tenía cuenta en Instagram, se le acabó bloqueando el acceso sin que le diera tiempo a ver muchas. Se notaba que encaraba los cuarenta como una cita con el apogeo de su sensualidad. Parecía desprender una especie de poder solar. Sin embargo, a medida que se aproximaba, Éric la percibió de otro modo. A pesar de su amplia sonrisa, no pudo evitar captar algo malévolo en ella.

—No has cambiado nada —dijo a la vez que tomaba asiento.
—Lo dices por cortesía, imagino.
—Puede ser —admitió Amélie, sonriendo para disimular la realidad: casi le había costado reconocerlo.

En el instituto, a pesar de que no era necesariamente la clase de chico en el que una se fija enseguida, Éric desprendía una especie de tranquilidad que podía pasar por carisma. Poseía el encanto de los discretos, o eso consideraba Amélie. Ahora en cambio reaparecía con todo el arsenal de la retirada. Su físico había emprendido la trayectoria de una renuncia. Por espacio de un segundo, Amélie se preguntó por qué había contactado con él. Sin duda, necesitaría tiempo para comprender la razón. Finalmente, optó por continuar:

—Te agradezco que hayas sido tan reactivo.
—Tu mensaje me dejó intrigado.
—Es una pena que nos perdiéramos la pista. En fin, ya sé que no éramos precisamente íntimos. Además, cuando me vine a París perdí el contacto con casi todo el mundo.
—...
—En el fondo no está tan mal lo del grupo de Facebook...
—Ya.
—¿Y tú te quedaste en Rennes?
—Sí, allí empecé a estudiar Empresariales, y luego...

Se interrumpió de repente y acto seguido añadió:

—Y luego mi padre murió.

Saltaba a la vista que Amélie no estaba al tanto de lo ocurrido. Antes de las redes sociales, las tragedias se propagaban menos. Éric logró volver al tema que los ocupaba y dio un rápido repaso a su carrera.

—Es una estupidez, pero cuando vi lo lejos que has llegado no pude evitar experimentar una especie de orgullo —comentó Amélie.
—¿Ah, sí?
—Sí. No sé. Será la faceta solidaria que tenemos los bretones.

—Nunca lo había visto así.

—Son nuestras raíces, a fin de cuentas. Y sin embargo casi nunca vuelvo. Mis padres se mudaron a Niza...

—...

—Me encantaría que habláramos del pasado pero, como te podrás imaginar, dispongo de muy poco tiempo últimamente. Con Macron se ha creado una energía... La gente tiene muchas esperanzas depositadas en el nuevo Gobierno.

Era lo que pasaba siempre al comienzo de las legislaturas, se dijo Éric. Lo que diferencia a los presidentes es el momento en que surge el desencanto. Amélie pidió un café que no se bebió; ya se había tomado tres en lo que llevaba de día. Repasó su carrera enfrascándose en un monólogo que supo relatar con gracia. Dominaba a las mil maravillas la narración de su propia historia. Pero tenía que ir directa al grano. Era la encargada de poner en marcha un grupo de acción que conquistara los mercados extranjeros y a la vez convirtiera a Francia en un país atractivo para los inversores. Los currículums de los tecnócratas se amontonaban sobre su mesa, pero a ella le parecía evidente que debía recurrir a las competencias de la llamada «sociedad civil». Le vinieron entonces a la mente imágenes del perfil de Facebook de Éric Kherson, con aquel puñado de instantáneas de su éxito en Decathlon. También había leído una entrevista que le había hecho la revista *Challenges*, en la que había tenido la delicadeza de no echarse demasiadas flores, pero donde quedaba claro hasta qué punto la empresa se había beneficiado de sus grandes cualidades. Cuando Amélie lo tanteó abiertamente sobre la posibilidad de que se uniera a su gabinete, él contestó:

—Pues... no sé qué decirte.

—Te dejo tiempo para pensártelo, por supuesto. Bueno, tampoco mucho...

—...

—Me apetece trabajar con una persona como tú. Has pasado por todos los puestos de una gran compañía. Hay cosas que entenderás mejor que yo, no me cabe la menor duda. Te podrás imaginar la presión que voy a sufrir. Y te confieso algo más: necesito a alguien conocido, que no me juzgue como podría hacerlo un extraño. No somos íntimos, pero venimos del mismo sitio. Somos bretones...

—Es la segunda vez que lo dices.

—Creo que entiendes perfectamente a qué me refiero...

Con unas pocas palabras, Amélie había llevado la conversación a un terreno casi sentimental. Definitivamente, tenía madera de política. A continuación pasó a las cuestiones pragmáticas y se puso a hablar de la vida trepidante que podía representar su oferta, los muchos viajes que implicaría. A Éric la situación se le antojaba surrealista. Una compañera de instituto que reaparecía de la nada para proponerle un cambio de vida. Lo más extraño del asunto era que no conservaba ningún recuerdo concreto de la relación que mantenían entonces. Su único vínculo se limitaba a una travesía compartida por la etapa escolar. Con el paso del tiempo, la realidad a veces se distorsiona; los figurantes de antaño se convierten en protagonistas. Amélie se mostraba tan firme en su deseo de trabajar con él que Éric se quedó descolocado.

Hacía mucho tiempo que nadie consideraba su trayectoria con tanto entusiasmo. Recibía ya tan pocos ánimos que había llegado a dudar de todo, especialmente de sí mismo. Las palabras de Amélie colmaban las grietas de un ego lastimado.

3

Éric debía pensárselo. Sus dudas eran de lo más razonables: renunciar a un puesto importante y estable por una aventura ministerial incierta por definición. El salario sería inferior, aunque ese aspecto le preocupaba poco. Le parecía casi inverosímil haberse ganado tan bien la vida hasta entonces, dados sus modestos orígenes. Su éxito le había permitido regalarle a su madre un piso grande, no muy lejos de su barrio. Que su padre no hubiera podido ser testigo de aquella consagración material le encogía el corazón. Su entorno lo consideraba «un buen hijo», aunque su generosidad representaba más bien una compensación aceptable por su distanciamiento. Raras veces regresaba a la Bretaña de su niñez, donde siempre acababa sintiendo cierto malestar. Allí se concitaban todos los ingredientes de una nostalgia insípida. A decir verdad, había dejado paulatinamente de ir a ver a su madre, cansado de antemano de aquellas conversaciones idénticas, de la cantinela incesante de los reproches. Un rosario de indirectas negativas que constituía una auténtica requisitoria en su contra. Éric justificaba a veces la actitud de su madre: la mujer sufría. Pero él también vivía obsesionado por lo que había ocurrido. En aquel entonces hubo de acudir al psicólogo, antes de marcharse a París. La huida fue una especie de remedio. Se concedió a sí mismo la ilusión de ser la primera página de una novela. También rompió relaciones con muchos de sus conocidos, pues tenía la necesidad de rodearse de gente que no supiera nada de su pasado; gente cuya mera presencia no amenazara con hundirlo en recuerdos agrios. Había que distanciarse de los testigos de la tragedia.

Pese a todo, nunca había dejado de experimentar un sentimiento de culpa. Una amiga le dijo una vez: «Éric, no tienes nada que reprocharte. Todos somos culpables de algo, ¿sabes?». A él lo sorprendió aquella afirmación. Su amiga solo trataba de atenuar su dolor, por supuesto. En su opinión, no había destino humano a salvo de las malas decisiones. Aquella conversación no lo tranquilizó, pero empezó a aceptar que merecía vivir. Había perdido de vista a aquella amiga; hay encuentros determinantes que son fugaces. A pesar de que se había diplomado en el Instituto Superior de Gestión de París, en aquella época no había encontrado ningún empleo que le conviniera. Agotado frente a la sola idea de enviar decenas de currículums y hacer entrevistas, prefirió aprovechar la primera oportunidad que se le presentó. Así fue como terminó de dependiente en Decathlon. Toda su vida había visto a su padre empalmar una obra detrás de otra, sin descansar nunca, siempre en movimiento. A cada nuevo paso en su vida profesional, Éric le iba contando sus progresos en un monólogo interior, y aquellas conversaciones ficticias parecían a veces tremendamente reales.

En aquel primer empleo acabó destinado en la sección de tenis, un deporte que le había inspirado auténtica pasión pero que para entonces tenía vedado. Sus cualidades llamaron la atención, y le propusieron nuevas responsabilidades. Y así sucesivamente. Su extraordinaria carrera había discurrido sin sobresaltos. En general, había tenido que enfrentarse poco a la agresividad o la rivalidad. Pero llega un momento en que cuesta encontrar una motivación para continuar con lo que existe ya en nuestra vida. Éric tenía cuarenta años; todavía era joven para ser viejo, pero el porvenir se le antojaba carente de sorpresas. Durante mucho tiempo lo había animado el deseo de progresar dentro de Decathlon. Hasta que se adueñó de él una especie de hastío, como una falta de interés generalizada. Las ganas de triunfar se habían esfumado. En las reuniones importantes, Éric se quedaba mirando por la ventana. Por lo demás, tenía la sensación de que cualquier movimiento requería por su parte un tiempo increíble. Seguramente la melancolía se anuncia así, mediante la lentitud cada vez más lacerante de los gestos que debemos ejecutar. Incluso en el restaurante de la empresa, al que acudía con regularidad para aparentar estar en contacto con los empleados, la decisión más insignificante le exigía un esfuerzo abismal. A veces lo habían visto como paralizado varios segundos delante del bufet de entrantes, absorto en la visión de los huevos duros con mayonesa. Le costaba comprender qué le estaba pasando.

Al final, la directora de Recursos Humanos, preocupada, le propuso que almorzaran juntos. Lo conocía desde hacía mucho y se daba cuenta de que algo no terminaba de cuadrar. Desde el inicio de la comida intentó sacar a colación sus presentimientos. Habló de desgaste profesional. «Todo el mundo se viene abajo», añadió. Cuanto más escuchaba Éric a aquella bienintencionada mujer, más le parecía que se equivocaba de parte a parte. Lo que él sentía era distinto, menos lógico, se parecía más a un cansancio de vivir. La tranquilizó diciéndole que estaba pasando por un mal momento, que era algo pasajero. Mintió para que lo dejaran en paz; sonrió para disimular la fisura. Una cosa estaba clara: la oferta de Amélie Mortiers llegaba en el momento perfecto. Puede que incluso fuera esa su principal virtud. Veía en ella la posibilidad de cambiar de rumbo por fin, de repeler la depresión que lo acechaba. Pensó, por supuesto, en la ansiedad que le provocaba subir a un avión, pero era tan intenso el sueño de huir lo más lejos posible... En cuanto a su hijo, desde el divorcio solo lo veía un fin de semana de cada dos y la mitad de las vacaciones; sus ausencias futuras no modificarían sustancialmente el ritmo indoloro de su relación. Quedaba por dilucidar la cuestión de su compromiso político. A decir verdad, en las últimas elecciones presidenciales no había votado. Su deber cívico también había sucumbido bajo el peso de las acciones que no llevaba a cabo. Pero a Amélie sus convicciones le importaban poco. Ella buscaba un colaborador competente, no un militante.

Unos días después, presentó su renuncia en Decathlon. Su entorno se mostró francamente sorprendido, como si nunca nadie se hubiera planteado que pudiera marcharse. Lo desconcertó esa estupefacción en la mirada de los demás; conque lo consideraban un hombre previsible, incapaz de salirse del camino trillado, un monógamo laboral. Al abandonar la empresa después de casi veinte años, veía su imagen cambiar de golpe y porrazo. Como lo habían llamado del Gobierno, la dirección relajó las condiciones del preaviso, y su fiesta de despedida fue de lo más cariñosa. Echaría de menos a algunos compañeros, aunque en realidad nunca volverían a verse. La vida de empresa consolida relaciones que se desintegran en cuanto se abandonan los objetivos comunes. De repente no tenemos nada que decirles a personas con las que solíamos conversar a todas horas. Éric aún intercambiaría algún que otro mensaje con uno o dos de sus colegas, pero cada vez sería menos frecuente; se vería atrapado en su nueva vida y olvidaría poco a poco todo lo que lo había impulsado durante años.

En su último día en Decathlon fue a la tienda donde debutó como dependiente de la sección de tenis. Estaba en Brétigny-sur-Orge, a unos treinta kilómetros de París. Se plantó delante de una Wilson; el modelo de entonces ya no se fabricaba, pero su primera venta había sido una raqueta de esa marca. Recordaba perfectamente su emoción: logró convencer a un joven que al principio iba decidido a comprar una de gama baja. Éric había hecho muchas cosas desde entonces, pero conservaba intacto el éxtasis de aquella primera vez. Había sabido encontrar las palabras justas y adoptar la actitud adecuada. Al volver al lugar de los hechos tuvo la impresión de saludar al hombre que fue. Una dependienta se le acercó y le dijo: «¿Puedo ayudarlo?». Éric escuchó los consejos de «Stéphanie» (ponían el nombre de pila en la placa de los vendedores con el fin de generar una relación de confianza, casi de intimidad). Al terminar allí donde había empezado, imprimía a su carrera la dulzura de lo redondo. Así puso el punto final a veinte años de su vida.

4

Al lunes siguiente lo recibió en Bercy un asistente tan delgado que parecía esculpido por Giacometti. «Amélie le pide disculpas, tiene una reunión...», le dijo lacónicamente a la vez que le indicaba su despacho. Un poco más tarde, un técnico le instaló el ordenador y le configuró la cuenta de correo. Éric no tenía ni la más remota idea de lo que tenía que hacer. Empezó por leer la prensa económica e informarse de las últimas noticias sobre el Gobierno. Se esperaba con cierta aprensión la visita de Donald Trump en los próximos días. Le costaba concentrarse en la lectura; su cerebro divagaba sin cesar hacia otras intrigas mentales, algo así como adulterios de la realidad. Transcurrió una hora y de Amélie, ni rastro. Se planteó salir del despacho, deambular un poco por los pasillos, conocer quizá a algún colega. Pero no, era Amélie quien debía presentarlo. En una deriva paranoica, por un instante pensó que no estar disponible en el momento de su llegada había sido un acto deliberado, como para crear una incomodidad propicia a la dominación.

La situación era inverosímil, abiertamente desagradable incluso. Éric había renunciado a un puesto prestigioso para encontrarse un lunes por la mañana en un despacho perdido entre otros despachos y sin saber qué hacer. Tenía la enojosa sensación de estar ocupando el lugar de uno de los muchos becarios a los que él mismo había dado la bienvenida a lo largo de los años. De pronto lo asaltó una certeza: había cometido un error garrafal al aceptar aquel cargo. Todo lo angustiaba. Tendría que mostrarse sonriente, dinámico y hasta ambicioso, justo lo que no había tenido que hacer en mucho tiempo. Siempre había un elemento de peligro en el cambio. Le costaba discernir qué procesos del inconsciente lo habían llevado a dejarse convencer. Olvidaba en aquel instante que llevaba meses asfixiándose; había tomado su decisión por un deseo de explorar nuevos horizontes, más que de un porvenir. Empezaba a darse cuenta de que se había estado haciendo ilusiones, y de que su malestar lo perseguiría allá donde fuera. En esas reflexiones pesimistas estaba cuando Amélie se presentó por fin en el despacho. Tenía la costumbre de llegar adonde fuera ya hablando, como si hubiera iniciado la conversación en el pasillo.

—¿Qué, ya te has instalado?

—Sí, todo bien.

—Perdona, no he tenido tiempo para recibirte esta mañana. Una urgencia. Me alegro muchísimo de que estés aquí. Voy a presentarte a la plantilla. Comeremos juntos. ¿Te gusta el sushi?

Con un puñado de palabras acababa de borrar la terrible impresión del inicio de la mañana. Hay gente a la que se le perdona todo, cuya mera aparición es sinónimo de capitulación. Durante aquel primer almuerzo, Amélie presentó a Éric como si fuera un viejo amigo. Una vez más, parecía confundir la longevidad de una relación con su intensidad. Él, desde luego, no iba a contradecirla declarando: «Yo a esta mujer no la conozco. Habré hablado con ella tres veces en mi vida, y fue hace más de veinte años...». Todo lo contrario, hizo gala de una docilidad implacable. Para dar credibilidad al relato de esa complicidad repentina, Éric iba aderezando la escucha con sonrisas leves. De nuevo (¿sería una obsesión?), Amélie aludió a sus raíces bretonas. Quería brindar a sus colaboradores la mejor versión de sí misma. Era esa chica simpaticona que había conservado sus amistades de la infancia y que, a pesar de su cercanía a las altas esferas del poder, no renegaba de sus orígenes. Éric tenía la vaga impresión de servirle de coartada en el ejercicio de su mitomanía. No lograba distinguir si le resultaba patético o conmovedor; puede que ambas cosas fueran lo mismo.

El equipo, tirando a joven, lo consideraría no como un colega cualquiera sino como a un íntimo de Amélie. Instintivamente, desconfiarían de él. Lo más seguro es que fuera un topo dispuesto a delatar sus secretos, sus negligencias, sus retrasos. Quien pensara eso lo conocía mal. A esas alturas de su vida, la única persona a la que Éric podía perjudicar era a sí mismo. Curiosamente, aquella impresión no duró mucho. Ya al día siguiente, Amélie adoptó un tono más distante con su nuevo fichaje y la relación de ambos se integró en la normalidad de la jerarquía. Amélie pilotaba el gabinete, él daba su opinión, y todo el mundo se olvidó paulatinamente de su falsa complicidad. Aquel cambio de calor a frío podría haber desestabilizado a Éric, pero nada más lejos; le sentó muy bien. Esperaba evolucionar al margen de cualquier afecto, lo que no quitaba para que le surgieran dudas. Él, que había tenido una carrera tan brillante, no paraba de preguntarse: «¿Por qué ha venido a buscarme a mí y no a otro?». A veces perdía de vista una cuestión fundamental: Amélie había reparado en él, al parecer, porque tenía talento para lo que ella le pedía. Preparaba unos informes extremadamente precisos en los que sintetizaba los puntos fuertes y los débiles de tal o cual empresa. La calidad del tándem que formaban enseguida comenzó a cosechar elogios. A menudo los calificaban de «complementarios». En su entorno, a los compañeros les encantaba sintetizar así su equilibrio: Éric era un estratega y Amélie poseía una habilidad inusual para las relaciones humanas. El primer año pasó volando, plagado de viajes. Si bien los trayectos en avión seguían siendo para Éric una fuente de estrés importante, se alegraba de haber descubierto Río de Janeiro o Toronto. En ocasiones experimentaba la sensación un tanto vanidosa de ser útil para su país. Corrían buenos tiempos. En la escena internacional, la elección de Emmanuel Macron había ofrecido la imagen de una Francia dinámica y moderna, propicia a las inversiones. Sin embargo, la crisis de los chalecos amarillos vino a empañar el relato del nuevo paraíso económico y preocupó a las empresas extranjeras; ¿convenía creer en la economía de un país tan fracturado, proclive a semejantes manifestaciones de violencia? Como es natural, los saqueos y los destrozos en el Arco del Triunfo complicaron aquí y allá las negociaciones con vistas a algún tipo de asociación. Había que minimizar el impacto de los movimientos sociales, venderlos como el ADN de un pueblo revolucionario y temperamental. Una imagen casi romántica del francés cascarrabias. Todo estaba permitido con tal de firmar un contrato, incluso reescribir la novela nacional. Cuando el jefe de Estado visitaba un país también les facilitaba la tarea; se rodeaba de grandes empresarios y en aquellas horas en que el arma era una pluma se percibía un espíritu de conquista.

5

La noche ya había caído sobre las oficinas. Aquel viernes, 20 de diciembre de 2019, todo el mundo se había marchado del ministerio un poco más temprano que de costumbre. Amélie podría haber seguido la corriente. Por una vez, se le presentaba la ocasión de volver a casa a tiempo para cenar con sus hijas. Entre semana solo las veía por las mañanas. Prefirió hacer un poco de limpieza entre sus informes antes de la tregua navideña. A fin de cuentas, tendría todas las vacaciones para disfrutar de su familia. Al cabo de un rato, salió de su despacho y se paseó por los pasillos desiertos. Éric nunca se iba sin el beneplácito de Amélie. Se acercó a verlo:

—A estas horas ya solo quedamos nosotros.
—Sí. Yo no tardaré en irme, si no te importa...

—¿No te apetece tomar una copa? Necesito desconectar.

—...

—A menos que tengas otros planes...

Éric no tenía nada previsto aparte de volver a su casa y cenar delante del televisor. Se sentía especialmente agotado en aquella recta final del año. Sin embargo, le costaba decirle que no a Amélie a las claras. Podría haberse inventado una excusa, pero lo había pillado desprevenido. Éric era incapaz de improvisar un embuste. Aquella oferta, por supuesto, le parecía la mar de extraña. Amélie se quejaba a menudo de lo mucho que la faceta profesional asfixiaba la personal; estaba hasta la coronilla de cenas impuestas, por no hablar de los fines de semana en el extranjero. Aquella retórica de las obligaciones chocaba frontalmente con la evidencia de un vagabundeo destinado a retrasar el momento de regresar al hogar. Por lo demás, a Éric le ponía nervioso aquel cara a cara por fuera del trabajo. ¿Qué iban a decirse? Cuando estaban de viaje, sus conversaciones giraban fundamentalmente en torno a los expedientes en curso. Sí, Amélie a veces procuraba salpicar sus diálogos de leves tintes íntimos, pero al más puro estilo de los estadounidenses que entablan amistad sin trascender las fronteras del rellano.

Una vez que se acomodaron en el bar más cercano, Éric se dijo que debía hacer un esfuerzo por incrementar sus niveles generales de entusiasmo. Últimamente, las sonrisas le quedaban menos sinceras, como si se sintieran culpables de traicionar la melancolía. Amélie rompió el hielo:

—Nos sentará bien respirar un poco.

—Sí.

—Quiero darte las gracias de todo corazón por lo que estás haciendo. Es valiosísimo para mí. Pero a veces me pregunto si te encuentras bien en el ministerio. Si no echas de menos tu vida de antes...

—No, en absoluto.

—¿Eres feliz?

La pregunta era directa. Nada más complejo que la definición de la felicidad. Debía responder rápido si no quería delatarse.

—Por supuesto. Es un trabajo estresante, pero me encanta lo que hacemos.

—Qué bien que me lo digas, porque no siempre se nota. Cuando celebramos el contrato en Brasil, por ejemplo, se te veía como en otra parte.

—Seguramente porque estaba cansado por el *jet lag*.

—Comprendo. Sea como sea, quiero que sepas que conmigo puedes hablar...

En aquel instante, a Éric lo asaltó algo parecido a una duda. Se preguntó si Amélie tendría buenas intenciones o si había orquestado aquel encuentro para meterlo en cintura. Mantenía con frecuencia esa clase de discurso bicéfalo. Aspiraba a trabajar con un equipo dinámico, entusiasta, alegre. De nuevo, su faceta estadounidense. Poco faltaba para que los obligaran a repartir abrazos con cada reunión que salía bien.

Éric se dejaba absorber a menudo por la versión negativa de los hechos. Amélie solo estaba interesándose por su estado de ánimo, como responsable del grupo que era. Nunca cargaba sobre su equipo la presión que sufría. Continuó en un registro completamente distinto:

—¿Te vas a Rennes a pasar las fiestas?

—Sí, a casa de mi madre.

—¿Con tu hijo?

—No. Él se va a Martinica con su madre —dijo, intentando aparentar indiferencia.

—Ah, qué experiencia tan chula para él.

—Sí. ¿Y tú?

—Nos vamos a la montaña. Bueno, primero haremos una parada en casa de mis padres, en Niza, para pasar juntos la Nochebuena. Estoy tan contenta de poder pasar tiempo con mis hijas...

Éric no pudo evitar pensar una vez más: «¿Y por qué no ha vuelto a su casa más temprano hoy?». Por un momento, especuló con que Amélie era de las que hablan de sus criaturas como ciertos turistas fotografían la torre Eiffel, sin mirarla siquiera. Amélie parecía a veces la narradora de su vida, más que su protagonista. Presumía de cosas que en realidad rehuía. De pronto, Éric se sintió ridículo por juzgar así los elementos de una cotidianidad que no hacía más que imaginar. Y no era el más indicado para pensar de ese modo. Él mismo hablaba a menudo de su hijo a pesar de que nunca había solicitado la custodia compartida. «Es para no perjudicar el equilibrio del niño, para facilitarle los horarios», argumentó en aquel entonces. Pero habría podido mudarse, organizarse de otra manera, no darse por vencido. A decir verdad, la separación le había amputado toda la energía. Éric revisitó brevemente su propia historia mientras Amélie seguía hablando de sus hijas. La conversación adquiriría los visos de dos relatos paralelos, el diálogo de dos soledades.

Se despidieron sobre las nueve, víctimas de una embriaguez relativamente bajo control. En la acera, en el último momento, Amélie añadió: «Ah, se me olvidaba: ya es seguro que iremos a Seúl a finales de enero, para preparar la visita de Jean-Baptiste». A Éric le pareció incongruente que le anunciara aquel viaje como algo anecdótico. No era nada propio de ella. Todo era atípico aquella noche. Luego pensó que nunca había estado en Asia y que podría traerle un regalo original a su hijo. Corea era el reino de los chismes electrónicos. A la mañana siguiente, en el tren a Rennes, visitó varias páginas sobre Seúl desde su móvil, con consejos turísticos y valoraciones generales. Acabó dando con un texto que hablaba de las altísimas tasas de suicidio en el país.

6

Podría haber alegado exceso de trabajo, sin embargo Éric aceptó pasar una semana entera en casa de su madre durante las fiestas, algo que no ocurría desde hacía muchos años. La ausencia de su propio hijo no haría sino aumentar lo siniestro de la situación. Había intentado convencer a su exmujer de que se marchara el día después de Navidad, pero ella ya había sacado los billetes sin consultárselo. Marc tenía unos amigos en Martinica que habían alquilado una casa inmensa en primera línea de playa. Aquel hombre se las ingeniaba para poseer cosas que a él lo desposeían. Desde que Marc había entrado en la vida de Isabelle, nadaban juntos en las aguas jubilosas de la familia recompuesta. Hugo adoraba a su padrastro, hasta el punto de que Éric nunca expresaba con sinceridad lo que pensaba y se dejaba excluir cada vez más sin rechistar. Y eso que la Nochebuena no era moco de pavo como botín de guerra. Por supuesto, él era en parte responsable, no reivindicaba lo suficiente su territorio paternal. La relación con su hijo era excesivamente esporádica; a veces le parecía que se estaba perdiendo etapas de su desarrollo, como cuando no terminas de entender una novela porque te estás saltando muchas páginas.

La separación se había producido sin incidentes. Isabelle había tomado su decisión y se la había comunicado a Éric. «¿Hay otro?», le preguntó él. No, ni siquiera. Su desamor no había necesitado que naciera otro sentimiento. Ella apreciaba al padre de su hijo, pero lo encontraba cada vez más introvertido, por no decir apagado. Por supuesto, sabía lo que él había vivido. Pero llega un momento en que uno debe renunciar a salvar al otro para salvarse a sí mismo. Isabelle tenía otras ambiciones para su vida amorosa; no quería una plenitud en condicional. Sin embargo, recordaba con ternura el momento en que se conocieron. Éric acababa de ser nombrado responsable de la tienda de Brétigny. Allí, en la sección de running, fue donde la vio por primera vez. A pesar de que ya no era dependiente, se acercó para ayudarla. Isabelle quería comprarse unas deportivas nuevas para la media maratón de Yvelines. Éric pensó de inmediato: «Tengo que volver a ver a esta chica». Se inscribió él también en la carrera, sin pensar siquiera en el esfuerzo físico que implicaba. Cuando la vio, después de cruzar la línea de meta, hipó: «¿Qué tal las deportivas?». Ella tardó unos segundos en atar cabos y entender que aquel chico era el vendedor de Decathlon. Hay que decir que costaba reconocerlo, con la cara estragada por el esfuerzo. Éric se preguntó por qué se había comportado así, reapareciendo junto a aquella mujer con su peor aspecto. Al límite de sus fuerzas, había estado a punto de tirar la toalla varias veces, pero aguantó. Cuando hubo recuperado el aliento, confesó: «Esta maratón era lo único que sabía de ti». A Isabelle la sedujo aquella estrategia tan original. Accedió a tomar una copa, luego a una cena, luego a una noche. Le parecía un hombre delicado, y en aquel preciso instante de su vida ese rasgo la colmaba por completo. Estaba saliendo de una historia apasionada y caótica con un hombre mayor, y soñaba con un amor a la suiza.

Fueron los inicios de unos años armoniosos que culminaron en el nacimiento de Hugo. Éric nunca se había sentido tan realizado. Y no paraban de atribuirle responsabilidades en Decathlon. La vida parecía algo posible de dominar. Desde luego, era todo una ilusión. ¿En qué momento empezaron a torcerse las cosas? Es difícil de decir. Aunque la paternidad lo hacía feliz, no paraba de reavivar el recuerdo de su padre. Tardó lo suyo en darse cuenta. Se refugió en el trabajo de un modo excesivo, huyendo de la felicidad con descaro. Isabelle se mostró tolerante, pero no se puede justificar indefinidamente el vagar por los tachones del pasado. Éric desertaba del territorio conyugal, hablaba menos. Ella ya no soportaba lo que había acabado considerando una rutina. Sin embargo, cada uno había depositado en aquella palabra una connotación distinta. Donde Isabelle veía las mismas vacaciones, los mismos restaurantes, las mismas posturas sexuales, él veía los ratos felices de la vida en pareja. Por eso no supo prever el desastre.

Así pues, Éric era incapaz de adscribirse a un gozo duradero. No dejaba de darle vueltas a los inicios de su relación con Isabelle, presa de una nostalgia casi obsesiva. El tiempo siempre acaba por destripar la belleza, se decía. Consternado, no quiso luchar por la custodia de su hijo. Se zambulliría más que nunca en su vida profesional, sin escatimar esfuerzos. Los primeros años tuvo unas cuantas aventuras, nada serio. Su relación más larga fue con Bénédicte, una de las directoras de Recursos Humanos del grupo. Hablaban a menudo y de buenas a primeras ella declaró: «Me gustas». De más joven, sobre todo en los años de instituto, habría soñado con que una mujer le hiciera semejante declaración y prácticamente se le pusiera en bandeja. El hecho lo había sorprendido tanto más cuanto que Bénédicte estaba casada. Poco importaba, la situación le venía como anillo al dedo. Durante más de seis años se habían visto con regularidad, en la casa de él o en un hotel, hasta que la trasladaron a Marsella. Se despidieron sin la más mínima efusividad.

7

Dominique tenía un don para poner el dedo en la llaga: «Es tristísimo que Hugo no esté», le repitió varias veces a su hijo. Por más que Éric conociera el *modus operandi* de su madre, no dejaba de experimentar una irritación imposible de anestesiar. Seguramente les ocurre a todos los hijos torturados por los cambios de humor de sus padres.

—Sí, mamá, lo sé, me lo has dicho ya diez veces.
—Isabelle podría haberse ido más tarde. Pensar en nosotros...
—Era una oportunidad única para Hugo. Allí va a estar feliz.

Para apaciguar a su madre, Éric se veía obligado a promocionar aquello que lo entristecía. Por supuesto, ella tenía razón. Una Navidad sin niños es un concepto cojo. Hugo tenía once años, se habría puesto loco de contento abriendo sus regalos. La escena podría incluso haber convertido al trío en un grupo alegre.

Para terminar de esbozar el retrato insípido de la noche que se avecinaba, Dominique añadió: «Vamos a comprarlo todo congelado en Picard. No tengo cuerpo para cocinar». Hizo el anuncio dándole un halo de novedad, cuando siempre había sido así. Desde un punto de vista culinario, la infancia de Éric raras veces se había alejado de la pasta y el pescado empanado. Por un momento se imaginó encargándose de la cena, se vio cortando verdura y poniendo algo a guisar a fuego lento, pero enseguida cambió de idea. Sucede que el pensamiento concreto de una acción mata el deseo de llevarla a cabo. Es probable que este abandono tuviera algo que ver con la anticipación de agrios comentarios maternales. Hiciera lo que hiciera, siempre había algún problema. Su madre habría sido capaz de publicar una antología de sus fracasos, una lista exhaustiva que abarcara desde su carrera profesional hasta un cordón mal atado, pasando por los desastres constantes de su vida sentimental. Ahora que trabajaba más o menos para el Gobierno, Dominique había encontrado un nuevo terreno de juego: «¿Cómo puedes colaborar con un presidente así? Te digo la verdad, no le cuento a nadie a qué te dedicas. Me da vergüenza. No sé en qué estarías pensando. Con lo bien que estabas en Decathlon...». Y dedicó un rato largo a su diatriba contra Macron.

Con el pretexto de que tenía que trabajar, Éric pasó buena parte de la tarde en su habitación. Pensando en Amélie, se puso a buscar la foto de clase del último curso de instituto. Debía de estar en alguna caja del sótano. Desde la separación solo había alquilado apartamentos amueblados en París, de modo que había ido dejando en casa de su madre la mayoría de sus recuerdos. De entrada dio con un baulito lleno de libros. Lo atravesó el pensamiento fugaz de que leía mucho menos que antes. Romain Gary o Gustave Flaubert habían desertado de su vida progresivamente. Puede que la situación se remontara al nacimiento de su hijo, o incluso más atrás, no habría podido determinarlo. Alguna vez había comprado un ensayo sobre política o una biografía, pero era incapaz de datar la última novela que había leído. Agarró *La metamorfosis* de Kafka con la esperanza de releerla más tarde. Abrió una caja, y luego otra, siempre en busca de la famosa foto. Por fin la encontró dentro de una funda que contenía también varias instantáneas Polaroid. Aquellas estampas de su adolescencia eran como de ciencia ficción. Tardó un momento en reconocerse en la última fila, a la izquierda. Le resultó imposible rememorar los nombres de pila de todos sus compañeros. Su memoria se estaba desvaneciendo.* Finalmente identificó a Amélie, que sonreía de oreja a oreja, como un adelanto de los éxitos que estaban por venir. Pero había otro elemento digno de ser subrayado: llevaba un jersey rojo. Aquella mañana, por tanto, debió de levantarse y escoger la prenda más llamativa de su ropero. Nadie llevaba por azar un suéter así el día de la foto de clase. Era innegable que había en ella un deseo de imponerse al tiempo de un modo ostentoso (una posteridad colorida).

Éric descubrió entonces un detalle sorprendente. La foto estaba pegada en una carpeta de cartón con solapas en la que habían firmado todos los alumnos. Todo el mundo debió de hacer lo mismo, pedir a los compañeros una pequeña dedicatoria de recuerdo. Repasó aquella página llena de dibujitos y «besos» hasta dar con la firma de Amélie. Justo encima había escrito: «Volveremos a vernos». La frase lo dejó estupefacto. ¿Por qué había puesto eso? «Volveremos a vernos»… Si apenas se conocían. Habían compartido un año casi sin hablarse, ¿por qué

---

* Otra posibilidad: que nada de todo aquello fuera memorable.

iban a volver a verse? A la luz de su reciente reencuentro, aquel mensaje cobraba un significado extraño. Éric armó toda una serie de hipótesis. Tal vez hubiera escrito lo mismo a todos sus compañeros, por cortesía o entusiasmo natural. Luego se lanzó a conjeturas más alambicadas: ¿tendría planeado ya entonces que sus caminos volvieran a cruzarse? Pero ¿por qué motivo actuar así? Repasó la sucesión de acontecimientos, el mensaje en Facebook, la oferta inmediata de trabajar con ella; efectivamente, aquello bien podía semejar una larga premeditación. Éric era consciente de que, de un tiempo a esta parte, había desarrollado una ligera tendencia a la paranoia y no le costaba imaginar aquí y allá los bosquejos de una intriga. Para saber a qué atenerse, pensó en hacerle una foto a la dedicatoria y mandársela a Amélie, pero se lo pensó mejor, reacio a molestarla en vacaciones. Su indagación quedaba suspendida, al menos de momento.

Nada más volver a su dormitorio, tecleó «Amélie Mortiers» en la barra de búsqueda de Google. Salió su perfil de Instagram. Se le había olvidado que ya había hecho esa misma búsqueda la víspera de su primera cita. Éric solo tenía una cuenta en Facebook, creada con un único objetivo: visitar la página de Isabelle cuando rompieron. Recordaba lo mucho que le había dolido constatar que ella tenía «amigos» de los que él no sabía nada. Era algo así como acceder desde la distancia a esa vida de la que ahora estaba excluido. Al repasar su perfil a diario, tenía la sensación de reforzar su estatus de extranjero. En ese sentido, las redes sociales se limitaban para él a las de su exmujer. La geografía maltrecha de su vida amorosa. Pese a ello, de vez en cuando compartía algunos hitos de su carrera en Decathlon, las únicas pruebas de una vida de éxito que tenía a su alcance. Pinchó el enlace de Instagram para abrir las fotos de Amélie. A pesar de que tenía el perfil público, a Éric se le bloqueó la página al cabo de unos segundos. Decidió crearse una cuenta. De nuevo se incorporaba a una red social para perseguir a alguien. Enseguida se encontró frente a la narración en imágenes de una vida. Ciertas existencias se transforman en fotonovelas. Varios años quedaban condensados a través de un prisma de recuerdos sonrientes que rezumaban alegría de vivir. Era como la parodia de una felicidad manifiesta; sin embargo, las escenas parecían sinceras. Amélie tenía la capacidad de ocupar por completo el presente, celebraba de manera simultánea y con soltura tanto su faceta personal como la laboral. En la foto más reciente aparecían sus dos hijas decorando un abeto de dimensiones impresionantes, ridículamente excesivo. Cuanto más se comparan las vidas unas con otras, más risible es el cariz que toma la competición.

Éric observaba ahora algunas imágenes de Amélie y su marido. Le pareció un poco raro que, dadas sus funciones oficiales, no llevara su vida privada de un modo más discreto. Pero quizá aquello formase parte de la parafernalia de la ambición. Su perfil era la antesala de un artículo de sociedad en *Paris Match*. Por lo demás, Amélie era la instigadora de la mayoría de las fotos, saltaba a la vista; su marido esbozaba a veces una sonrisa ligeramente crispada, como el prisionero de una existencia artificial. En una de ellas se lo veía con una novela en la mano. Amélie le había contado que su marido era escritor, pero Éric no había indagado más. Por pura curiosidad hizo una búsqueda y descubrió que su único libro, *La desesperación de las ostras,* había gozado de un éxito cuando menos discreto. Lo encargó por 0,99 €, cuatro euros en total con el envío. La entrega costaba, por tanto, tres veces más que el propio producto. La trayectoria literaria de aquel hombre se resumía sustancialmente en un post de Instagram de su esposa. Cierto que Amélie prefería destacar otras cualidades de Laurent. Cuando hablaba de él, insistía en lo bien que cuidaba de sus hijas. No podría hacer nada sin él, añadía. Pero algo desentonaba en aquel elogio de baratillo. ¿En qué punto se encontraba su auténtica vida en común? La personal, la íntima, incluso la sexual. Éric imaginaba que debían de hacer el amor con regularidad, relaciones a iniciativa de Amélie para paliar la imagen inconfesable del desgaste. La reproducción continua de un tráiler de erotismo aguerrido cuya película seguramente fuera una decepción. Sin duda, aquella idea nacía de la última impresión que ella le había dejado, el hecho de que prefiriera remolonear en un bar con él antes que volver a su casa. Solo de una cosa estaba seguro: al cabo de unos días, Amélie publicaría fotos tomadas en las pistas de Val-d'Isère, fotos de la vida feliz de las vacaciones. Éric empezaba a intuir en aquel alarde incesante de felicidad la promesa de un precipicio.

8

Llegó el día de Navidad, con un tiempo tan bueno que resultaba increíble. Éric pensó fugazmente en varios momentos de su niñez, una sucesión de imágenes en las que veía a su padre volver del trabajo cargado de bultos. Era capaz de recomponer sus recuerdos a través del prisma de los regalos recibidos, desde los álbumes de Panini hasta los Playmobil. Puede que fuera la única ventaja de la muerte; su padre permanecería para siempre en aquellas imágenes, nunca quedaría asociado a las de un hombre envejecido. Éric estaba convencido de que habría seguido trabajando después de jubilarse; pero ¿qué sabía nadie? En cuanto a su madre, cero sorpresas. Dominique observaba el día que acababa de vivir para calcarlo idéntico al siguiente. No había la menor variación en su monotonía. Por supuesto, la presencia de su hijo alteraba su estado de ánimo. La tensión era palpable. Sin embargo, Éric hacía un esfuerzo, manifestaba interés hacia su madre, le preguntaba por sus horarios o por los amigos con los que se veía. Ella se daba cuenta de que estaba tratando de reforzar lazos, pero no lograba dejarse llevar por conversaciones anodinas. Al ver a su hijo sentado delante del televisor, le soltó: «Siempre dices que yo nunca sonrío, pero tú tampoco. Sinceramente, tienes un aire siniestro...». Pronunció estas palabras con suma parsimonia, sin atisbo de acritud. Era innegable, tenía razón. Éric presentaba el aspecto de un hombre atrapado para siempre en noviembre. Podría haberlo admitido, pero en aquel momento le pareció superior a sus fuerzas. Aquellas palabras, «tienes un aire siniestro», tuvieron el efecto de pararlo en seco. Como si el exabrupto pudiera contener por sí solo la suma de todos los ataques anteriores, la culminación de una degradación permanente. De repente ya no pudo soportar más la letanía de reproches. La miró fijamente a los ojos; habría querido decir: «Me voy». Pero ni siquiera de eso era ya capaz. Se levantó y se encaminó hacia su cuarto. «Ninguna obligación moral nos impone amar a nuestros padres», se repetía mientras metía sus cosas en una bolsa.

Cuando su madre lo vio en el descansillo, intentó retenerlo:
—No pensarás irte así.
—No me apetece seguir con esto.
—¿Qué es lo que he dicho?
—Lo que hayas dicho o dejado de decir da igual. No puedo más, y punto.
—...
A pesar del arrebato, lo atravesó un destello de culpa. Dejarla sola en Nochebuena era un acto despiadado. Pero esta vacilación momentánea no cambió su decisión. Se limitó a añadir: «Lo de papá no fue culpa mía...». Y se metió en el ascensor a toda prisa. Dominique se quedó un momento en el umbral, atónita. Conocía lo suficiente a su hijo para saber que no iba a volver. Al final fue a la cocina y tiró toda la comida a la basura. No volverían a verse hasta mucho después, en extrañas circunstancias.

9

Una vez en la calle, Éric experimentó un alivio inmenso. ¿Por qué se había infligido aquella visita a solas con su madre? Debería haber roto con ella años atrás. Se liberaba estrepitosamente de aquella relación malsana. Merced a una conexión emocional que prefirió no analizar, le entraron ganas de hablar con su hijo. En Martinica debían de ser más o menos las doce del mediodía. Aquí, la noche acababa de caer de golpe. Marcó el número cuando estaba llegando a la estación. Descolgó Isabelle y le deseó una feliz Nochebuena, unas palabras expeditivas antes de avisar a Hugo. Aun así, le dio tiempo a señalar que la conversación tendría que ser breve porque se disponían a comer. Aquella sensación de ser una molestia era habitual. Hugo, que salía del agua en ese momento, lanzó un «¡Feliz Navidad, papá!» bastante entusiasta, pero la conversación enseguida degeneró en monólogo: «Sí, esto es una pasada... Marc ha alquilado un barco... Esta mañana hemos visto unos peces que flipas... Ahora nos vamos con los amigos de Marc, son supermajos... Te dejo...». Éric tuvo que conformarse con aquel puñado de palabras. En aquel preciso instante de su vida, le habría gustado que su hijo se interesara por él. Habría querido que le preguntara cómo estaba, que aportara una pizca de reciprocidad a su diálogo. Quizá más adelante su relación no sería tan en sentido único; tarde o temprano debía de producirse un reequilibrio. No le quedaba más remedio que aguardar con tranquilidad ese momento en que serían dos hombres adultos compartiendo confidencias. Guardó el teléfono en la bolsa y se sentó en un banco a esperar el tren. La estación estaba casi vacía. Se sintió libre y sin ataduras, en una especie de anestesia del mundo. Su tren llegó por fin. Al ser Nochebuena, solo había unos pocos pasajeros en el vagón; intercambiaron miradas, como una soledad compartida.

10

Éric nunca paraba de trabajar. Por eso aprovechó aquellos días para descansar, y hasta le proporcionaron un extraño placer las estúpidas comedias televisivas de media tarde. En Nochevieja asistió a la cuenta atrás de los últimos segundos del año delante del televisor, sin dejar de pensar que debían de haber grabado el programa en noviembre. Así empezó 2020, frente a TF1, en la comodidad de su cama.

A la mañana siguiente, descubrió un email de Amélie. Enviado a las 00.33. ¿Sería posible? Conque debía de haber celebrado el Año Nuevo, besado a todo el mundo, bebido una copa de champán, fingido que estaba disfrutando de una velada estupenda, y haberse escabullido discretamente a su habitación para abrir el ordenador. Sí, el mensaje incluía los mejores deseos para el año que comenzaba, pero el tema central volvía a ser el viaje a Seúl. Éric se puso manos a la obra de inmediato. Cuando entraban en negociaciones con una empresa, había que saberlo todo de ella. Dado que iban a reunirse con Lee Bakyong, el nuevo director general de Samsung, se dedicó a investigar en internet acerca de la multinacional. La referencia al pasado, en la historia de la empresa, era una muestra preciosa de atención y seriedad. Descubrió que Samsung significaba «tres estrellas», un nombre que pretendía evocar grandeza, poderío y número. Desde el principio hubo una voluntad de conquistar el mundo. «Como esos padres que llaman a su hijo Ulises», pensó Éric. Esa fuerza tal vez tuviera algo que ver con el contexto en el que se fundó la compañía, en plena ocupación japonesa. Enseguida dio con varios reportajes que exponían las complicadas condiciones de vida de los empleados, que llegaban a trabajar hasta doce horas diarias y solo tenían un día de descanso a la semana. Habían perdido la cuenta de los síndromes de estrés laboral, las depresiones y los suicidios. Al igual que Japón, Corea del Sur valoraba de manera desmedida el éxito y la perfección, lo que abocaba a millares de seres humanos al terror a fracasar. ¿Por qué se fijaba en eso? Éric sospechaba que Amélie no abordaría con Bak-yong ningún tema que pudiera obstaculizar el idilio económico. Más bien irían soltando un superlativo tras otro y reirían a carcajada limpia ante el mínimo atisbo de humor. Había que seducir al hombre de negocios, ponerlo en una disposición favorable antes de que estudiara el informe francés. Samsung tenía previsto implantar en Europa una fábrica de patinetes eléctricos, una nueva generación de artilugios guiados por un GPS integrado. Alemania y Rumanía habían entrado en liza para ofrecer una sede al gigante surcoreano; el trabajo de Éric consistía en hacer más atractivo el informe que proponía el Ayuntamiento de Mulhouse. Las conversaciones previas a la visita de un equipo de Samsung a los tres emplazamientos serían decisivas. Era importante hacer hincapié en las ventajas fiscales, en la situación geográfica e incluso en la flexibilidad de los empleados. Convertir Mulhouse en un paraíso para la implantación de empresas. Éric redactaba su informe haciendo pausas cada cierto tiempo. Iba a beber un vaso de agua y se quedaba plantado en la cocina. En el fondo, la decisión de Samsung no significaba nada para él. ¿Qué sentido tenía todo aquello? Pensó que los patinetes de última generación se venderían en Decathlon. Se aferró fugazmente a esta imagen para encontrarle algo de lógica a su trayectoria profesional.

Al lunes siguiente, Éric se encaminó de nuevo hacia Bercy. El reencuentro con Amélie fue cordial. Se la veía en plena forma, contenta de reanudar el curso de su vida profesional. Al final, Éric no le mencionó nada de la foto de clase, a pesar de que pensaba cada dos por tres en el mensaje «Volveremos a vernos». Se sentía un poco ridículo ante la idea de reconocer que había estado buscando aquel vestigio de los tiempos del instituto, temía quedar como un obseso del pasado. «Le sacaré el tema más adelante», se dijo. Tampoco aludió a la copa que tomaron juntos antes de Navidad. Éric se había quedado con lo esencial: debía mostrarse entusiasta, saber recibir el contrato más insignificante con una alegría sin reservas. Solo que no era tarea fácil para un hombre que no está ya acostumbrado a llevar la alegría pintada en la cara. A veces detonaba una sonrisa en un momento inoportuno, como alguien que no manejara del todo bien un vehículo recién comprado.

11

Los días se sucedieron rápidamente hasta la fecha del viaje. En aquel momento se encontraban a ocho mil metros de altitud, a bordo de un vuelo de Air France en dirección a Seúl. Por miedo a quedarse dormido o estar poco espabilado, Éric no se había atrevido a tomar una pastilla para relajarse. Sabía que Amélie aprovecharía buena parte de las doce horas de vuelo para ultimar los detalles de las reuniones. Estaba claro que a ella no se le ocurriría distraerse con alguna película. Por suerte, sirvieron la comida enseguida. Éric estaba hambriento; sobrellevaba la incomodidad de los aviones rindiéndose a un apetito desmesurado. Amélie solo se comió el entrante. Mientras hablaba, la mirada de Éric se concentraba en su plato sin empezar. Le habría gustado hacerse con él. Se conocían, como ella misma decía, desde hacía tanto tiempo…, pero es menester cierto grado de intimidad para poder acabarse la bandeja de otro.

—Espero que vaya todo bien con Bak-yong —comentó Amélie.

—Seguro que sí.

—Quizá debería haber probado a montar en patinete antes de venir. Por saber de qué hablo.

—¿Sabes patinar?

—Sí.
—Pues es lo mismo.
—No sé por qué estoy tan estresada, no hay motivos. Nos hemos esforzado al máximo. Tu informe es perfecto. Hasta a mí me han dado ganas de mudarme a Mulhouse al leerlo... —dijo, aderezando la salida con una risita seca.

Éric seguía mirando fijamente la comida. ¿Por qué Amélie no le ofrecía lo que no iba a comerse? Hablaba de los retos que entrañaba la misión, abandonando gradualmente cualquier atisbo de conversación y deslizándose hacia el monólogo. Por fin dijo en voz baja:
—Si hacemos un buen trabajo en esta fase inicial, es posible que venga Emmanuel, ¿sabes?
—Pues sí, sería extraordinario —respondió Éric sin quitar ojo a la azafata que retiraba las bandejas.
—Pero, bueno, ya sabes que es imprevisible...
Amélie hablaba del presidente como si fuera su íntimo amigo. Sin embargo, debía de haberlo visto tres o cuatro veces a lo sumo. Quizá era algo relacionado con el propio Macron. Se decía que te miraba directamente a los ojos, con una intensidad que te persuadía de que ocupabas un lugar preponderante en su entorno. Tenía la capacidad de crear relaciones tan intensas como efímeras, relaciones que él alimentaba con palmaditas amistosas, algún mensajillo de vez en cuando y, por supuesto, tuteándote desde el principio. Así pues, tal vez no fuera del todo por vanidad por lo que Amélie se sentía autorizada a llamar al presidente por su nombre de pila. Agregó:

—En cuanto lleguemos, vamos al hotel, dejamos las cosas, una ducha rápida y nos vemos en el vestíbulo.

—Muy bien.

—Es mejor no dormir nada más llegar, si no, tendremos *jet lag*...

Parecía que pudiera configurar su cuerpo como un programa informático. Aterrizarían de madrugada, hora local, de modo que empalmarían con el día siguiente sin haber dormido. Éric necesitaba descansar un poco antes de llegar. Soñaba con reclinar el asiento; al fin y al cabo, viajaban en preferente. Pero Amélie sacó de su bolso los últimos apuntes; había que rentabilizar cada minuto. Encendieron la luz que quedaba por encima de sus asientos y repasaron los expedientes de los empresarios con los que iban a reunirse.

Éric volvía discretamente la cabeza para ver las películas que habían elegido los pasajeros de alrededor, filmes de acción o comedias en su mayoría, entre James Bond y Dany Boon. En cualquier caso, no había nadie leyendo. Cuando ponen una pantalla a nuestra disposición, la decisión está cantada. Amélie seguía disertando, alternaba directrices dirigidas a su colaborador con momentos en los que se hablaba a sí misma en voz alta. Éric escuchaba solo a medias, dejándose atrapar por la persecución de Daniel Craig en una pantalla cercana. Fue entonces cuando empezaron las turbulencias, confirmadas de inmediato por el comandante. Todos los pasajeros se abrocharon el cinturón. Hasta entonces el vuelo había sido tranquilo, y Éric había conseguido dominar su aprensión. Sin embargo, a la menor sacudida su cuerpo se ponía rígido. Normalmente se agarraba al asiento o al reposabrazos de una manera poco racional. Dos gestos inoportunos en presencia de Amélie. Cada vez que viajaban juntos pasaba lo mismo. De ninguna de las maneras quería que ella adivinara su pavor. Era absurdo; desde luego, no lo habría juzgado. Éric ya no lograba concentrarse en lo que le decía. Repasaba mentalmente todos los tópicos: el avión es el medio de transporte más seguro, prácticamente no se producen accidentes en pleno vuelo... Pero de nada servía, ante la menor bolsa de aire su corazón se ponía a latir como si pretendiera salirse de su cuerpo. Se sentía tan mal que habría estado dispuesto a morir con tal de abreviar aquellos minutos atroces.

—¿Estás bien? —preguntó por fin Amélie al fijarse en la cara lívida de Éric.

—Sí...

—Está la cosa movida...

Los miembros de la tripulación tuvieron que sentarse, lo que no era en absoluto un buen augurio. Por lo común, que el servicio continuara a pesar de los movimientos del aparato era la prueba tangible de que no corrían un peligro real. ¿Por qué el piloto no daba más explicaciones? ¿Por qué no ofrecía una estimación de cuánto durarían las turbulencias? Para tranquilizarse, Éric escrutaba la actitud de los demás viajeros. Ninguno parecía angustiado. Aquella injusticia lo deprimía. ¿Quiénes eran aquellos hombres y mujeres felices en el ejercicio de la fatalidad, seguros en el reino de la incertidumbre? No sabía si se trataba de inconsciencia o de una especie de heroísmo de la vida frágil. Pensó en su hijo y deseó poder verlo en aquel preciso instante. Si salía ileso de aquel viaje, todo cambiaría. En primer lugar, prohibiría las navidades lejos de él. Imaginó todo lo que haría con Hugo, quizá incluso fuera a Seúl algún día con él. No, Corea se la refanfinflaba. ¿Por qué había aceptado ese trabajo? Se arrepentía amargamente de no haberse quedado en Decathlon; por lo menos allí los desplazamientos los hacía en tren. Se habría pateado Alsacia en lugar de Asia. Un anuncio de la azafata interrumpió bruscamente esta deriva mental: «¡Señoras y señores, permanezcan en sus asientos!». Algún pasajero despreocupado debía de haber desoído las instrucciones para levantarse como si tal cosa. El tono seco de la orden demostraba que el peligro era real. Incluso Amélie, tan parsimoniosa, empezó a considerar que el aparato se movía mucho. No se veía nada por las ventanillas, la oscuridad era completa, quizá el avión estuviera perdiendo altitud, así fue como se estrelló el vuelo de Air France entre Río y París, sin que nadie se percatase de la caída. Tal vez solo les quedasen unos minutos de vida.

El avión por fin se estabilizó, lo que proporcionó a Éric una sensación parecida al orgasmo. Le pareció como si volviera a la vida. El resto del viaje discurrió sin sobresaltos. Como es natural, Amélie retomó con más ganas el principal informe. La implantación de una fábrica Samsung en Francia podría crear miles de puestos de trabajo. Se exaltaba al imaginar el impacto de su labor, todas las vidas cuyo rumbo se alteraría si ellos se mostraban lo bastante convincentes. Finalmente propuso que descansaran un rato. Éric consiguió adormecerse una hora, pero despertó con la sensación de estar aún más cansado. Tras el aterrizaje, pasaron las aduanas rápidamente gracias a sus pasaportes diplomáticos. A aquella hora tan temprana todavía se podía circular bien por Seúl. Había tanta humedad como decían; llegó a su hotel, el Ramada, empapado en sudor. Una vez en la habitación, consultó su teléfono. Disponía de media hora. Ciertamente, era noche cerrada en Francia, pero se habría alegrado de haber recibido un mensaje de su hijo. Al final fue él quien le escribió un «Buenos días, cariño, ya estoy en Seúl. Aquí es por la mañana...». Le habría gustado añadir «Te echaré de menos», pero era absurdo; en Francia lo veía poquísimo. ¿Por qué iba a añorarlo más en el extranjero? Firmó con un sencillo «Papá». Se metió en un plato de ducha cuyo funcionamiento tardó un par de minutos en comprender. Había en la modernidad una especie de voluntad inconsciente de complicarte la existencia. Por fin el agua le resbaló por el rostro. Era la primera vez en su vida que estaba en Seúl; esperaba contar con algo de tiempo libre para darse una vuelta por la ciudad.

12

Bak-yong era un hombre muy elegante que aderezaba su actitud general con gestos delicados. Rodeado de su equipo, acogió con mucha calidez a los dos franceses. Para evitar que todos tuvieran que comunicarse en inglés, en el encuentro participaba un intérprete. Se sonreían unos a otros de un modo excesivo, en esa dictadura del aparentar entusiasmo. Antes que nada se habló de Francia, de París en concreto. Bak-yong había hecho una visita maravillosa con su mujer ya bastantes años atrás. «Mulhouse está solo a dos horas de París», dijo Amélie con malicia para ir directa al grano. Los recuerdos románticos estaban muy bien, pero no debían olvidar por qué estaban allí. El hombre que estaba sentado al lado del jefe de la empresa, sin duda su colaborador más estrecho, repuso: «Bueno, tres horas más bien...». Saltaba a la vista que ya había analizado el informe. Amélie, con su labia habitual, reconoció: «Ah, sí, es verdad; es que el tiempo pasa volando cuando contemplas los paisajes franceses...», respuesta que suscitó unas cuantas risas, incluida la de Bak-yong; la reunión no podría haber empezado con mejor pie. Bak-yong era claramente el gran líder, quien decidía el tono del momento, auténtico jefe de orquesta de su entorno. De entrada, a Éric le había costado descifrarlo. Parecía voluble, capaz de alternar ratos de calidez con instantes en los que de pronto se quedaba al margen. Quizá tuviera algo que ver con el poder que ostentaba. Cualquier persona poderosa está intrínsecamente dotada de una personalidad misteriosa. Como veterana que era, Amélie sabía que esas reuniones preliminares dependían en gran medida de lo que ella definía como «el impacto de la primera impresión». Asestó su pequeño golpe de efecto sacando un papel de su bolso. «Se trata de una carta en la que el presidente les agradece la atención que le están prestando a nuestra sede». El traductor agarró la misiva y susurró algo al oído de Bak-yong. Este por fin dio las gracias a Amélie. Se había anotado un punto muy importante, pero procuró dominar su exaltación. El camino aún sería largo. Ya era hora de que Éric entrara en escena. Amélie exageró un poco al presentar a su colaborador. Según ella, era el gran responsable del éxito de Decathlon, pese a lo cual había preferido dimitir para incorporarse a un Gobierno en el que tenía fe. Él no se inmutó ante aquella revisión de su trayectoria. No era la primera vez que Amélie se sacaba de la manga esa perorata mitómana. Todo valía con tal de alcanzar los objetivos. Desde el inicio de la reunión, Éric tuvo la sensación de asistir a un partido de tenis y ser incapaz de seguir la pelota. Y eso que había preparado aquel momento a la perfección, y había determinado con exactitud lo que debía decir y en qué orden combinar las etapas de la presentación. Amélie lo escudriñó con intensidad; tenía todas sus esperanzas puestas en él.

Las cosas no salieron según lo previsto. Justo cuando todos volvían la cabeza en su dirección, notó que un intenso calor le invadía el cuerpo. Se sintió algodonoso, como desencarnado. Debía levantarse e iniciar la proyección en su ordenador. Le resultó imposible. Su cerebro había perdido el control. Captó la mirada ansiosa de Amélie; ¿estaba preocupada por él o por la reunión? Movió los labios, pero Éric no oyó nada. Cuando quiso responder, los suyos no emitieron sonido alguno. Entonces vio que el traductor se le acercaba, para agarrarlo del brazo, al parecer. Y eso fue todo.

13

Cuando Éric abrió los ojos, estaba tumbado encima de la moqueta. Una joven le ofrecía un vaso de agua. Todo el mundo lo miraba con mucha inquietud. Balbució una disculpa. Amélie se acercó, aliviada: «Vaya susto nos has dado...». Mientras se levantaba, pensó que acababa de fastidiar aquel momento tan importante. Sin embargo, Bak-yong se mostró muy amable y pidió que llamaran un taxi que los llevase de vuelta al hotel. Éric quiso alegar que ya se sentía mejor y que podían iniciar la presentación.

—No, tiene que descansar —dijo el empresario en inglés.

—Lo siento muchísimo. Es la primera vez que me pasa. Habrá sido por el desfase horario, el cansancio...

—Les mandaré un médico al hotel. Y por la reunión no se preocupe, me organizaré para hacer un hueco mañana...

Bak-yong les estrechó la mano y abandonó el despacho. Por supuesto, una indisposición podía sucederle a cualquiera, pero Amélie no pudo evitar pensar que aquello daba una impresión pésima. Extrapolando, ofrecía una imagen de una Francia frágil y poco favorable a las inversiones. Ahuyentó de inmediato aquella ocurrencia excesiva para dar paso a la bondad y mostrarse alentadora.

—Voy a llamar a París. Retrasaremos todas las citas de hoy y nos quedaremos un día más. Todo saldrá bien...

—Lo he echado todo a perder.

—Para nada. Es culpa mía. He sobreestimado nuestras fuerzas.

—...

—Es verdad que ya no eres un chaval... —añadió para tratar de arrancarle una sonrisa, sin éxito.

El semblante de Éric seguía crispado, como congelado en el espasmo inicial de su desmayo. Si bien podía andar, aún se sentía acorchado, y le ardía la cabeza. En el hotel se tumbó inmediatamente en la cama. Amélie observaba a su colega y se sentía conmovida y asustada a la vez. Le parecía del todo indefenso. Y, de rebote, ella también se sentía así. Sabía que no podría hacer la presentación sola. Era él quien lo había preparado todo durante semanas, quien conocía todos los detalles del informe. Ella dominaba las líneas generales, por supuesto, y había encabezado dos reuniones con los responsables de la región Gran Este, pero eso no bastaría para conseguir que Bak-yong se decidiera por Mulhouse. Alemania y Rumanía eran dos competidores más que serios.

Le acercó un vaso de agua a Éric, que este bebió al punto. «¿No quieres darte una ducha fresca?», le propuso. Dijo que sí, que sería buena idea, pero más tarde. De momento, debía esperar al médico. Amélie anunció que se quedaría con él hasta que llegara. Ni por lo más remoto iba a dejarlo solo en ese estado. Su presencia incomodaba a Éric; no tenían intimidad suficiente como para que él pudiera abandonarse, enfermo, delante de ella. Sin embargo, Amélie seguía procurando que se sintiera a gusto, mostrándole que la dupla debía ser solidaria, y él se sintió conmovido. Sentada en el borde de la cama, esbozó una sonrisa. A Éric le pareció guapa; llevaba meses sin preguntarse qué opinaba de ella físicamente; trabajaban juntos con una energía que acababa borrando cualquier posibilidad de seducción. La improbable situación daba lugar a pensamientos inéditos. Allí estaban ambos, en un hotel de Seúl, conociéndose tan bien y a la vez tan poco, lejos de todo, de sus vidas y de sus hijos, perdidos en un espacio sin referentes. Amélie empezó a acusar el cansancio. Se tumbó a su lado. Parecían dos amantes agotados por un exceso de amor.

14

Llamaron a la puerta. Amélie se levantó a toda prisa para abrir, y entró un hombre más bien mayor. Sin mediar palabra, el doctor se dirigió al baño para lavarse las manos antes de aproximarse al paciente.

—Éric, te dejo —comentó Amélie—. Llámame cuando te apetezca. Supongo que te echarás a dormir. Podríamos quedar a última hora para ir a cenar algo...

—Me parece bien. Gracias por todo. Y de nuevo te pido perdón...

Amélie salió de la habitación. Una vez en el pasillo, tuvo que concentrarse para recordar el número de la suya. ¿Y si aprovechara aquella mañana libre para darse un paseo, visitar un parque o un museo? En los viajes de trabajo era poco habitual que dispusiera de tiempo para descubrir una ciudad. Sin embargo, en cuanto entró en su habitación se desplomó en la cama. Se despertó varias veces, en las que sistemáticamente tardaba unos segundos en recordar dónde estaba; luego, volvía a dormirse. En medio de aquellas horas turbulentas, tuvo un sueño extraño. Llegaba a la oficina de Bercy en cueros. Todo el mundo la escudriñaba, pero no había nada que hacer, imposible huir o encontrar alguna prenda con la que cubrirse. Debía coordinar una reunión de esa guisa. Nadie se atrevía a decirle nada, pero Amélie percibía las miradas de todos sobre su cuerpo. A pesar de la incomodidad que la reconcomía, dirigía el debate sin titubear. Una vez concluida la reunión, se refugiaba en su despacho, abochornada y humillada, hasta que un ruido la despertó. Con un suspiro de alivio, Amélie se encaminó al cuarto de baño de su habitación para darse una ducha, sin molestarse en analizar la simbología de semejante pesadilla.

15

El médico le tomó primero la tensión y luego la temperatura sin pronunciar ni una sola palabra. Parecía estar pensando en otra cosa, pero ¿en qué? ¿Tendría algo que ver con el estado de salud del paciente que tenía delante? Al final, en un inglés perfecto, preguntó: «¿Se encuentra bien de un tiempo a esta parte?». La pregunta lo pilló desprevenido. Seguramente, el desvanecimiento había sido consecuencia del exceso de trabajo, del calor, del estrés y tal vez de los objetivos profesionales. ¿Por qué buscar otras razones? Éric se sintió incapaz de responder un simple: «Sí, bien...». Se le pasaron por la cabeza algunos momentos recientes y revivió, entre otras cosas, la manera en que había abandonado a su madre en Navidad. Debía de hacer más de un minuto desde la pregunta del médico, y Éric seguía sin contestar. De todos modos, no tenía ganas de hablar. Él solo quería dormir, dormir y recuperarse. Al final hizo una seña con la mano como diciendo «sí, sí, va todo bien». El médico no le recetó ningún medicamento. Sería inútil, le explicó. Mientras cerraba el maletín, determinó que se trataba de un síncope vasovagal, nada grave. A Éric, sin embargo, le pareció captar algo más en su mirada. Un segundo discurso oculto en sus pupilas. Una turbación genuina. Sí, no cabía duda, el médico estaba cavilando. Éric se decidió a preguntar: «Lo noto intranquilo... ¿Seguro que va todo bien?». El hombre asintió con la cabeza, amagando un leve rictus que pretendía ser tranquilizador. Una sonrisa a todas luces falsa. Se marchó no sin antes precisar que el señor Bak-yong corría con los gastos de la consulta. Éric se quedó solo con una sensación desagradable, pero finalmente se durmió. Fue un sueño agitado, se despertó varias veces a beber agua. Durante aquellos sobresaltos de consciencia, veía de nuevo el semblante del doctor. Ahora tenía una certeza: aquel hombre había visto algo grave que había preferido callarse.

16

Éric se levantó a media tarde sintiéndose mucho mejor. Cuando miró el teléfono comprobó que su hijo le había respondido. Bueno, «responder» era mucho decir. Hugo le había enviado un emoticono, el del pulgar amarillo levantado. Recibía cada vez más a menudo esa clase de mensajes que evitaban palabras y frases.* Éric podía darse con un canto en los dientes; pese a todo le daba señales de vida. Luego leyó los mensajes que le había mandado Amélie. Si bien los primeros eran compasivos (le preguntaba cómo se encontraba), al final anunciaba lo principal: «Arreglado. Nueva cita con Bak-yong mañana a las tres». Éric contestó con el emoticono del pulgar amarillo levantado.

Quedaron a última hora de la tarde. En la recepción del Ramada preguntaron por algún sitio agradable para cenar en la zona. Si seguían las recomendaciones de la muchacha que los atendía, podían degustar platos indios, uzbecos o mongoles. Amélie replicó:
—Preferiríamos descubrir la gastronomía local...
—Claro, por supuesto. Tienen razón. Hay un restaurante bueno, un poco más adelante según salen a la izquierda, en esta misma acera.
A última hora del día la humedad era aún peor que por la mañana. No cabía duda de que vagaban por el país de la transpiración. Finalmente encontraron el local recomendado. Nada más entrar sintieron alivio al constatar la presencia de un ventilador grande, aunque ruidoso (la banda sonora de Corea). Les dio la bienvenida un hombre mudo que los acomodó en un rincón. Éric se acordó del médico que

---

* Tantos siglos de evolución para acabar volviendo a los jeroglíficos.

lo había examinado por la mañana. Dos miembros de la familia de la economía del lenguaje. Regresó brevemente para dejarles la carta en inglés encima de la mesa. Con tantos hoteles internacionales cerca, la clientela debía de ser sobre todo extranjera. Por el momento, era una mera suposición, ya que estaban solos. El camarero volvió para ofrecerles una copa de bienvenida que les pareció de mala educación rehusar. Amélie le señaló a Éric que no hacía falta que bebiera, después de la indisposición matutina. Todo lo contrario, él necesitaba algo que le levantara el ánimo. El alcohol, extremadamente fuerte, tenía una virtud: equilibraba su temperatura corporal y la del mundo exterior. Es una de las razones por las que los coreanos comen tanto picante. Los viajeros se percataron de ello cuando se decidieron por el plato tradicional que les aconsejó el camarero, el kimchi, repollo marinado en guindilla. Era la primera vez que cenaban así, los dos a solas. Normalmente se veían en cócteles organizados por la embajada o por empresarios locales. A Amélie la tranquilizaba haber podido reprogramar la reunión con Samsung. Al fin y al cabo, pensaba con un pelín de cinismo, la bajada de tensión de su colega podía jugar en su favor. La reunión se había salido de los caminos trillados y había adquirido un tono más íntimo. «Bak-yong no se olvidará de nosotros», acabó comentando.

El kimchi es una guindilla cruda envuelta en hojas de col como para disimular el incendio bucal inminente. Pidieron perdón al camarero, que fingió asombrarse a pesar de que la mayoría de los turistas no son capaces de terminarse el plato. Era su jueguecito personal, probablemente se partía de risa cada vez en su cocina con atmósfera de sauna. Les ofreció entonces una sopa de fideos, nada especiada, precisó. Pero aquel hombre había perdido toda credibilidad en el ámbito de la objetividad culinaria. A los pocos minutos, aparecieron en la mesa dos cuencos humeantes. Soplaron al mismo tiempo antes de descubrir desde la primera cucharada que aquel brebaje volvía a prender fuego a sus bocas. Todo aquí era un combate contra la especia.

El restaurante había ido llenándose, principalmente de parejas. Junto a ellos, un hombre y una mujer de unos cincuenta años se cogían de la mano sin parar. Los dos llevaban alianza: aquello olía a segundas nupcias, a historia bastante reciente, seguro que se llamaban Bob y Carla.

—Muy pocas veces tenemos tiempo de visitar las ciudades a las que vamos —dijo Amélie—. Para mí Seúl será este restaurante.

—Mañana por la mañana podríamos dar un paseo.

—Con el desfase horario es posible que estemos agotados. Además, prefiero que descanses, que no me repitas el gag del desmayo —añadió con una sonrisa.

—Lo intentaré, pero no te prometo nada.

—Muy gracioso.

—Entonces podríamos caminar un rato esta noche...

La idea de la deambulación nocturna los sedujo. Solo eran las nueve. El día siguiente se les antojaba aún más lejano que de costumbre. El camarero les trajo la cuenta en el preciso instante en que Bob se arrimaba a Carla para besarla con ternura. Amélie y Éric se sintieron poco menos que arrastrados por la intensidad de aquel beso.

17

Una vez en la calle, decidieron bordear la avenida y se encontraron delante del SeMA, el Seoul Museum of Art. A pesar de que había anochecido, el calor no daba tregua. El ambiente estaba especialmente cargado, el cielo negro y muy bajo. Cualquiera habría podido prever el aguacero que descargó de buenas a primeras; ellos no. Echaron a correr para ponerse a cubierto. Divisaron a lo lejos una especie de bar; tuvieron que dejar pasar varios coches antes de poder cruzar la calle. Éric le ofreció a Amélie su chaqueta para que se guareciera, pero de poco sirvió. Estaban los dos empapados. El semáforo por fin se puso en verde y corrieron hacia el letrero. Una vez bajo techo, les dio la risa, esa risa nerviosa y jubilosa de las aventuras inesperadas. Amélie se echó hacia atrás la melena mojada, lo que le dio un aspecto completamente distinto.

Se sentaron en un sofá de terciopelo sin fijarse siquiera en el encanto literario y acogedor del local, con sus muchas estanterías. Una camarera con mechas verdes les sirvió enseguida un vasito de aguardiente para que entrasen en calor. ¿Sería tradición en Corea dar la bienvenida con un chupito? Bebieron sin hacerse preguntas y pidieron una copa de vino. Las ventanas abiertas de par en par permitían oír la potencia devastadora de la lluvia (una sensación apocalíptica). Presa de su obsesión por lo concreto, Amélie propuso un brindis: «¡Por nuestro contrato con Samsung!». Y a renglón seguido añadió:

—¿Te imaginas si nos viera Magali?

—¿Quién es Magali?

—Magali Desmoulins. La que creó el grupo de Facebook de antiguos alumnos del Chateaubriand.

—Ah, sí.

—Gracias a ella estamos aquí hoy tú y yo. Así fue como vi tu perfil y pensé en ti.

—¿Seguro?

—No te entiendo.

—¿Seguro que no tenías planeada desde hacía tiempo la idea de volver a verme?

—No te sigo...

Éric sacó su teléfono y buscó la foto para enseñársela a Amélie.

—Mira lo que me escribiste: «Volveremos a vernos».

—Anda... No me acordaba.

—Es raro, ¿no te parece? Apenas nos conocíamos.

—Cualquiera diría que crees que he estado esperando todos estos años para reencontrarme contigo...

—No llego tan lejos, pero reconoce que es extraño...

Amélie se tomó a guasa las suposiciones de su colega. Éric, por su parte, repitió que le resultaba sorprendente escribir semejante mensaje a un mero conocido.

—En cualquier caso, veo que has estado investigándome. Me lo tomaré como un cumplido —repuso Amélie.

—Lo encontré de casualidad. En Navidad, en la casa de mi madre.

—Me encantaría ver esa foto de la clase. No sé dónde tendré la mía, con tanta mudanza.

—¿Te acuerdas de que llevabas un jersey rojo?

—Sí, de eso me acuerdo, claro. Me apetecía atraer miradas... —respondió al punto, asumiendo sin vacilar aquel deseo de protagonismo.

A Éric le complacía ver aquella versión de Amélie, más liberada. Lo que estaban viviendo en aquel instante, un poco perdidos en un entorno exótico, le recordó a una película.

—¿Has visto *Lost in Translation*, de Sofia Coppola?

—Por desgracia, no.

—Deberías, es preciosa. Bill Murray y Scarlett Johansson se conocen en Tokio. Dos soledades en un lugar en el que no entienden los códigos.

—Suena un poco deprimente.

—No, tiene bastantes momentos divertidos.

—¿Y cómo termina?

—Él le dice a ella algo al oído. Pero no se sabe qué.

—Cabe imaginar cualquier cosa, entonces.

—Sí, eso es.

La camarera volvió con las dos copas. Éric llegó a la conclusión de que las mechas no eran verdes, sino azules. Según la luz, los reflejos cambiaban. Había cierta poesía en aquella variación capilar constante. Amélie tomó la palabra para mencionar una de sus películas preferidas, *¡Olvídate de mí!* Hablaron de aquella máquina capaz de borrar los recuerdos dolorosos del amor, un tema cinematográfico que derivó hacia consideraciones más personales. Compartieron viejas historias amorosas. En un momento dado, Amélie preguntó:

—¿Por qué acabó la relación con la madre de tu hijo?

—Me abandonó.

—¿Fue muy duro?

—Sí, bastante. Pero ahora va todo bien. ¿Puedo preguntarte yo algo?

—Claro que sí.

—Cuando hablas de tu marido, dices siempre que es un padre extraordinario que cuida muy bien de las niñas. Pero nunca dices que es un marido extraordinario.

—Nunca me había fijado. Cuando se tienen hijos nos volvemos padres por encima de todo, supongo —respondió ella sin mucho afán.

—Puede ser. Pero si tu marido te dejara mañana, ¿te pondrías triste?

—Vaya una pregunta rara. Me cuesta imaginarlo.

—De acuerdo, pero ¿te pondrías triste?

—...

Por primera vez, exploraban el territorio de la intimidad. En el fondo, no dejaba de ser algo típico; no es raro que las personas con las que tratamos a diario sean las que menos nos conocen. Les resultaba agradable cambiar de registro. Amélie se dejó llevar y musitó una confidencia: «Hace tanto tiempo que no viajo así, a solas con mi marido...». Sobre lo demás no pudo responder. Por supuesto que amaba a Laurent, solo que, entre el trabajo y las niñas, no siempre disponía de espacio para él. Se planteaba constantemente la cuestión de su propia realización personal. Nadie sabía que había tenido un amante dos años antes, un diputado socialista algo mayor que ella. Habían coqueteado una noche durante el congreso de La Rochelle y después no pararon de intercambiar mensajes, cada vez más explícitos. Amélie adoraba la adrenalina de lo prohibido. Desde el nacimiento de su segunda hija prácticamente no se acostaba con su marido. Y cuando hacían el amor ya no era tan placentero como antes. Lo hacían sobre todo para poder decirse que todavía tenían una vida erótica. Por eso accedió a reunirse con el diputado en su habitación de hotel. Se puso lencería bonita, bebieron champán, fue maravilloso. Sentir el cuerpo de un hombre nuevo la transformó en una mujer nueva. No había alcanzado el orgasmo, pero el encuentro la había excitado muchísimo. Pensaba en ello a todas horas y aguardó con impaciencia la segunda cita. Sin embargo, al cabo de cuatro o cinco veces le pareció que ya no había más que rascar. Con una rapidez desconcertante la aventura se le antojó fútil. Como todos los conquistadores, Amélie se hastiaba con facilidad. Puso fin a aquella correría convenciéndose de que todo había sido una distracción efímera. Amélie se sabía deseable, podría encontrar otros amantes sin dificultad, pero ahora entendía que eso no la llenaría. Necesitaba amar para abandonarse.

Amélie habló un poco más de su marido, y Éric de su matrimonio. Siguieron conversando sobre sus historias respectivas, sin atisbo de temor a sentirse incómodos al día siguiente. Un hombre se levantó para bailar y atrajo su atención. Con la tromba de agua, no habían oído la música que sonaba en el bar. Ahora que la tormenta había pasado, se adueñó del espacio un nuevo ambiente sonoro a base de estándares estadounidenses compuestos por Burt Bacharach. El primer bailarín invitó a una joven, y otra más se sumó a continuación a la pareja. Amélie y Éric decidieron salir a la pista, aunque «pista» era mucho decir: se trataba de un pequeño espacio central donde poder mover el esqueleto. No había turistas. Se encontraban entre locales felices y esbozaron los contornos de una danza casi lasciva.

18

Se marcharon dos horas más tarde. A pesar de que no habían bebido mucho, acusaban algunos síntomas de embriaguez. En la calle, lo mejor era no levantar la vista: los rascacielos inmensos acentuaban la sensación de vértigo. Siempre es preferible emborracharse en una ciudad sin volúmenes. Por el camino, Éric se detuvo para señalar una cámara instalada en una farola: «Mira, están por toda la ciudad. Seguro que la policía se estará preguntando qué hacen ahí esos dos turistas mirando el objetivo». Amélie le hizo caso, divertida ante la ocurrencia. Aquella noche le gustaba todo de Éric. Por fin dijo: «Es como si dejáramos un rastro...». Se quedaron inmóviles un poco más, presas del deseo de ser filmados por una cámara policial, antes de reanudar el camino de vuelta al hotel. Era evidente que no tenían ganas de despedirse. Se sentaron en el banco que había delante del Ramada, sin duda destinado a los fumadores. En aquel preciso momento era difícil saber qué estaba pensando el otro. Quizá un par de compañeros de trabajo, en la otra punta del mundo, desarraigados de su cotidianidad, cumplieran con todas las condiciones para embarcarse en una aventura torpe. Uno estaba divorciado, la otra no siempre vivía dentro de la esfera de la fidelidad conyugal. Por el momento, se encontraban pensativos, como si el hecho de sentarse en aquel banco hubiera frenado en seco la conversación; las palabras también habían tomado asiento. Para poner fin al silencio, Amélie se levantó creyendo que Éric la seguiría, pero él no se movió.

—¿No subes? —preguntó por fin.
—Creo que me voy a quedar un ratito más.
—Muy bien.
—...
—Te propongo que quedemos mañana a la una. Así trabajamos un poco antes de la cita. ¿Te parece? —preguntó Amélie recuperando el tono habitual de sus conversaciones.
—Sí, estupendo.
—Pues buenas noches.
—Buenas noches —dijo Éric, levantándose esta vez. Puso una mano tierna en el hombro de Amélie y añadió un sencillo—: Gracias otra vez por esta noche...

Se quedaron parados un momento frente a frente antes de separarse. Era preferible decirse adiós allí, en la puerta del hotel. Por instinto, Éric quería evitar la errancia conjunta por los pasillos y una escena potencialmente incómoda delante de la habitación de alguno de los dos. La razón se impuso al término de aquella velada, provocando una frustración pasajera.

19

Una vez solo, Éric sintió envidia de los fumadores. Un cigarrillo le habría dado algo de compostura. Podría haber sacado el teléfono, pero no le apetecía reanudar el contacto con la realidad tan abruptamente. No le apetecía nada ser parasitado por los mensajes. Se dejó arrastrar por sus pensamientos y terminó preguntándose si no habría sido poco delicado con Amélie al despedirse así. Al margen de su vida profesional, Éric dudaba constantemente de todo lo que hacía. Lo agotaba estar en un desacuerdo constante consigo mismo. Había que fiarse de la primera intuición: lo más elegante era separarse delante del hotel. Por supuesto, le habría gustado continuar la velada. Lo había cautivado por completo su manera de ser, tan diferente. Se había mostrado sencilla, libre, jovial. ¿Quizá debería haberse ido con ella? De nuevo, una de esas situaciones sin manual de instrucciones. Al final, ahuyentó de su mente aquellas preguntas y se dejó embargar por la majestuosidad del momento. Seúl tenía algo que le gustaba, aunque no estaba en condiciones de definirlo como atracción. Pero siempre le había seducido la idea de que la belleza fuera indefinible.

Contempló un poco más la noche y el tránsito de turistas que volvían para meterse en la cama, antes de regresar también él a su habitación. Y fue entonces cuando se produjo un suceso extraño. Al entrar en el cuarto de baño, Éric encendió la luz y se acercó al espejo, aterrorizado de repente. Solo duró un segundo, quizá incluso menos, una milésima de segundo, pero, por un instante, su imagen no apareció en el espejo. Por espacio de una mota de polvo, su reflejo se extravió. Puede que el cansancio ralentice el tiempo de conexión entre el cerebro y la vista. Tenía que haber una explicación racional. Fuera como fuera, la sensación no se esfumó: la invisibilidad era una posibilidad.

20

Como era su costumbre, Amélie llegó con una puntualidad irreprochable. Estaba de pie en el centro del vestíbulo del hotel, repitiendo para sus adentros las réplicas del encuentro que estaba a punto de producirse con Bak-yong. No evidenciaba la menor señal de cansancio, y eso que le había costado conciliar el sueño. Había estado dando vueltas a su velada con Éric, su baile y su paseo. En vez de mirar las redes sociales, como hacía a veces cuando la asaltaba el insomnio, le dio por encender la tele. Se dejó arrastrar por toda clase de videoclips inverosímiles. Varias bandas daban rienda suelta a sus pasiones en decorados de colores ácidos; algunos de ellos soñaban seguramente con escapar de aquella prisión sonora.

Éric no bajó a la hora convenida, lo que irritó a Amélie. Sin duda él también se habría acostado a las tantas y se le habrían pegado las sábanas. ¿Estaría aún durmiendo? A la una y dos minutos, Amélie consideró que era preferible enviarle un mensaje. Le escribió un sencillo: «Te espero en el vestíbulo». Bastaron apenas unos segundos para entender que Éric tenía activado el modo avión, porque apareció un solo tic en la caja de texto. La aplicación WhatsApp contaba con el equivalente moderno del acuse de recibo. Ya no le cabía la menor duda: estaba dormido. Al fin y al cabo, en Francia era de noche. Por lo común era puntual; no le habría sonado el despertador. Lo mejor sería preguntar en recepción.

—Buenos días —dijo en inglés—, estoy intentando localizar a mi compañero, pero creo que se ha quedado dormido. ¿Puede llamar a su habitación? Kherson.

—Por supuesto —dijo la recepcionista buscando en el ordenador el número de habitación—. ¿Está todo a su gusto?

—Sí, gracias, va todo bien.

—Me alegra saberlo.

La empleada marcó el número, adornando la espera de los tonos sucesivos mediante sonrisas tímidas. Nadie respondía, Amélie empezó a preocuparse. No era el momento de echar más leña al fuego del estrés. Sin embargo, Éric era un colaborador extremadamente fiable. Volvió la cabeza hacia el ascensor. ¿A lo mejor no contestaba porque estaba bajando? La joven colgó. Amélie le dio las gracias, flotando un instante en la indecisión. ¿Qué hacer? Consultó una vez más el teléfono: su mensaje seguía en el limbo. Sabía que no serviría de nada, pero aun así intentó llamarlo; evidentemente, saltó el buzón de voz. Tal vez lo mejor sería subir, llamar a la puerta. Si dormía como un tronco, no habría oído la alarma. Sí, eso debía de ser. Recordó su confesión de que tomaba somníferos de vez en cuando. Probablemente no conseguía conciliar el sueño y se había decidido a echar mano de una pastillita ya de madrugada. Era la hipótesis más plausible. Ella iría a despertarlo, él se daría una ducha rápida y se pondrían en camino. Eso sí, ya no les daría tiempo de releer el informe una última vez, como habían previsto. Amélie se había quedado inmóvil delante de la recepción, perdida en el laberinto de sus reflexiones. Preguntó:

—¿Me puede decir en qué habitación está el señor Kherson? Voy a subir a ver...

—Sí, claro. Está en la mil doscientos treinta y seis.

—Gracias —dijo Amélie con una sonrisa que no disimulaba su inquietud.

21

Uno de los ascensores empezó a bajar hacia la planta baja, pero se detuvo en la quinta durante un momento que a Amélie se le hizo horrorosamente largo. Parecía que todos los elementos estaban confabulando para que la jornada degenerase en ansiedad, a pesar de que hasta aquel momento Amélie se había sentido serena. Cuando sacara a Éric de su letargo, le diría a las claras lo que pensaba. Una familia entera, equipada con montones de maletas, salió por fin del habitáculo del ascensor. Amélie pulsó el botón de la duodécima planta con la esperanza de que nadie le entorpeciera el trayecto. Una vez allí, se puso a buscar la habitación. Indudablemente, se encontraba al final del pasillo; caminaba deprisa, aguantándose las ganas de correr. Llamó a la puerta en cuanto llegó. Seguramente Éric estaría abochornado, se desharía en disculpas, pero no había más tiempo que perder. No obstante, no ocurrió nada. Llamó otra vez. Nada. Pegó la oreja a la puerta y le pareció oír un ruido. Imposible distinguir de qué se trataba, quizá una respiración. Tocó de nuevo, esta vez con menos convicción. Era absurdo; si Éric estuviera en la habitación, ya habría reaccionado. Se le vino entonces a la memoria el desmayo de la víspera. Con qué ligereza lo habían despachado durante la noche; ¿cómo habían podido ser tan inconsecuentes? Habían salido, incluso habían bailado, a pesar de que unas pocas horas antes el cuerpo de Éric había mandado una elocuente señal de alarma. Una certeza macabra se adueñó de súbito de Amélie. Si no contestaba era porque estaba muerto; su corazón se había rendido; un síncope vasovagal, seguido de un esfuerzo físico, un poco de alcohol y probablemente un par de somníferos, no hacía falta nada más. Empezó a temblar, devorada ya por el remordimiento de no haber sido más razonable. Era todo culpa suya.

Apareció una camarera de piso. Amélie se lanzó sobre ella, incapaz de reprimir el pánico que la poseía:

—Buenos días, señora. Perdone que la moleste, pero ¿me puede abrir la habitación de mi compañero, por favor?

—...

—No responde, estoy preocupada...

La mujer dijo por fin: «No English». Amélie intentó hacerse entender por señas. Indicó la habitación e hizo el gesto de abrir la puerta. Representó con mímica a un hombre dormido. Una escena tan inverosímil como angustiosa. Estaba tratando de explicarle a una camarera coreana que Éric no daba señales de vida. Se disponía a llevarla de la mano, pero cambió de idea al acordarse de la aplicación de traducción de su iPhone. Por fin las dos mujeres llegaron hasta la 1236. Una vez abierta la puerta, Amélie constató que la estancia estaba sumida en la penumbra. Quiso pronunciar el nombre de su compañero para anunciarse, pero no había ningún motivo para que esta vez Éric respondiera. Encendió la luz y entendió que no estaba en la cama. ¿Y en el cuarto de baño? Abrió la puerta despacio, aún temerosa de descubrir el horror de su cuerpo en la bañera. Pero no, absolutamente nada, ni la más insignificante presencia. Al no saber qué hacer ni qué pensar, dio unos pasos por la habitación de manera mecánica, bajo la mirada de la camarera, que parecía estar vigilando que no sisara nada. Entonces se dijo que Éric no había vuelto ni había dormido allí; debía de haber salido de nuevo, y algo le había pasado. Sí, eso era, había sido agredido. Había que llamar a la policía, denunciar su desaparición. Este panorama macabro se interrumpió por completo cuando Amélie descubrió una bandeja en el suelo que evidenciaba que Éric había desayunado allí. Llamó a recepción.

—Soy la señora Mortiers otra vez. Estoy en la habitación del señor Kherson, que no está. Por lo que veo, esta mañana llamó al servicio de habitaciones. ¿Me lo podría confirmar si es tan amable?

—Un momento, señora.

La camarera no le quitaba ojo. ¿Qué quería? Aquella mirada empezaba a pesarle. Consultó su reloj; la una y media ya. Estaban por lo menos a cuarenta y cinco minutos de la sede de Samsung. Todavía llegaban, pero ¿qué debía hacer? ¿Esperar a saber algo de Éric o irse sola? Por fin le contestaron:

—Efectivamente, pidió el desayuno en su habitación a las nueve y media.

—Gracias...

En el momento en que se disponía a salir, Amélie vio el informe que habían preparado para la reunión. Todas las hipótesis se arremolinaban en su cabeza. Estaba claro que había previsto volver, si lo había dejado todo allí. Quizá le hubiesen robado la cartera y el móvil. En ese caso, puede que se reuniera con ella directamente en Samsung. Se las arreglaría para llegar, no le quedaba otra. Éric sabía mejor que nadie lo que estaba en juego. Llevaba semanas desarrollando la estrategia perfecta para convencer a los coreanos. Pero ¿no podría haber pedido prestado un teléfono para avisarla?

La camarera señaló su reloj para manifestar impaciencia. Amélie salió de la habitación sin acordarse siquiera de dar las gracias, aturdida por el curso de los acontecimientos. Acababa de esbozar una hipótesis optimista (la presencia de Éric en la reunión) pero enseguida se dejó invadir de nuevo por lo improbable de esa posibilidad. «No está, no está, no está», repitió tres veces en voz alta, como si el mero conjuro pudiera convencerla de la realidad de la situación. Fue rápidamente a su cuarto para echarse un poco de agua en la cara. Para ella se trataba de una sensación casi ajena, pero lo cierto es que empezaba a tener miedo, sin ser del todo capaz de definir aquel temor. Bajó al vestíbulo con el informe bajo el brazo. La joven recepcionista, captando su inquietud, se mostró especialmente considerada. Imaginaba que Éric y ella formaban una pareja ilegítima (por eso habían reservado habitaciones separadas) y que habían discutido; él se había largado. Cuántas veces no habría sido testigo de esa clase de situaciones, sobre todo con los franceses, tan desenfrenados en sus costumbres. Amélie balbució:

—¿Me puede pedir un taxi?

—Claro que sí —respondió la chica poniéndose a ello.

—...

—Listo, llegará dentro de tres minutos.

—Gracias. Le voy a dejar mi número de teléfono. Si mi compañero llama o si lo ve, avíseme, por favor.

—Por supuesto, señora. Puede contar conmigo.

Amélie salió del hotel. Como no se sentía muy bien, se dirigió hacia el banco para sentarse. El banco en el que habían estado los dos la noche anterior. Aquel momento de gracia cobraba ahora un regusto amargo, como si necesitara pagar por esa dicha fugaz.

22

Una vez sentada en el taxi, Amélie trató de recomponerse. Para tranquilizarse, se decía que la policía o los hospitales se habrían puesto en contacto con ella si algo grave le hubiera pasado a Éric. Tenía la corazonada de que no corría peligro. Seguía achacando la desaparición a un problema de red o a la pérdida del teléfono, uno de esos contratiempos modernos que transforman el silencio en angustia. Sí, tenía que convencerse de eso. Ser optimista. Todo iría bien. Veía desfilar la ciudad sumida en una grisura perpetua. Ninguna magia parecía haber sobrevivido a la noche. De nuevo se puso a llover. Un aguacero brutal. Los limpiaparabrisas emitían un ruido chirriante, parecido al de una sierra. Los coches, que ya estaban atrapados en un atasco, frenaron aún más, hasta casi detenerse por completo. Amélie empezó a preocuparse ante la idea de llegar tarde. Parecía que, metódicamente, se iban activando todos los engranajes de un guion de catástrofes. Y eso que había salido con tiempo de sobra. Preguntó al conductor, que no hablaba inglés. Utilizó de nuevo la aplicación de traducción, pero el rumor de la lluvia le impedía oír bien. Amélie se planteó la posibilidad de hablar con el equipo de Bak-yong, explicar la retención provocada por el diluvio, pero, tras la indisposición de la víspera, le pareció que ya había cubierto el cupo de excusas. Aficionada al pensamiento positivo, murmuró para sus adentros: «Venga, todo va a salir bien...». Agarró entonces el informe para repasarlo una vez más. Amélie solo conocía las líneas generales, lo justo para exponer durante siete u ocho minutos una presentación que fácilmente podría haber durado una hora. Sin Éric, tendría que leer punto por punto, como una colegiala; no sería capaz de encarnarlos, de darles vida, pues muchos de los detalles serían nuevos para ella. En esta fase de las negociaciones dependía por completo de su colaborador. Iba a ser una actriz que salía a escena sin saberse el texto. ¿Y si fracasaba? El secretario de Estado, que preveía una visita en persona muy pronto, le pediría explicaciones. Bak-yong haría algún comentario sobre la mediocridad de su equipo. En el fondo, el pensamiento positivo no funcionaba de ninguna de las maneras; volvía a su mente como un bumerán la peor versión de las horas que estaban por venir.

Escampó tan repentinamente como había empezado a llover, y el coche volvió a ponerse en marcha. El conductor levantó un pulgar, signo universal de validación. Llegarían a tiempo. Amélie se empeñaba en aferrarse a la posibilidad de que Éric participara. Estaría en el vestíbulo, esperándola. Más tarde le explicaría sus percances. Le hubiera pasado lo que le hubiera pasado, lo único que importaba era la magnitud del momento. Sin embargo, esta fantasía no iba a enfundarse el atuendo de la realidad. Cuando por fin llegó a la sede de Samsung, no encontró ni rastro de su colega. No podía imaginarse que hubiera subido sin ella. Demasiado nerviosa para sentarse, se puso a dar vueltas por el vestíbulo. Un hombre se le acercó y le preguntó si tenía cita; Amélie respondió que sí y explicó que había llegado pronto antes de preguntar por el aseo. Frente al espejo se puso a practicar sonrisas preparándose para parecer alegre. «Todo va a salir bien», susurró de nuevo. Se dirigió entonces con paso decidido al mostrador de recepción para anunciarse; la acompañaron a la última planta del rascacielos. En el mismo ascensor en el que había montado un día antes con Éric, reconoció que aquella segunda oportunidad sería la última. De pronto la asaltó una certeza: Bak-yong le preguntaría por su colega. No podía por menos que interesarse por los motivos de su ausencia. Ella, que siempre iba un paso por delante, no lo había anticipado. Al pasar por la planta decimoctava decidió qué respuesta dar. Contaría lo siguiente: esa mañana había notado que Éric tenía mala cara, estaba mejor, sí, pero todavía se sentía cansado, así que le había ordenado que descansara, la salud es lo primero, y eso era lo que había pasado. Bak-yong la consideraría muy humana, lo que sin duda le valdría muchos puntos. Jugaría hasta el final la baza de la compasión.

23

Mientras le estrechaba la mano a Bak-yong, una alternativa completamente distinta atravesó su mente. A punto estuvo de confesar: «Estoy muy preocupada. No sé nada de Éric. ¿Puede usted llamar a la policía?». Hacer eso, sin embargo, implicaba dar al traste con la reunión por segunda vez. Tenía que atenerse a la versión de los hechos que había pergeñado. Fue inmediatamente recompensada. Bak-yong convino en que había hecho bien al sugerir a su colega que descansara. «La salud no es un juego de azar», dijo de un modo un tanto enigmático, antes de añadir que su médico se había mostrado tranquilizador. Intercambiaron unas cuantas banalidades acerca del ritmo trepidante de la vida moderna, tras lo cual entraron en materia.

En el momento en que todo el mundo se acercaba a la mesa de reuniones sonó el teléfono de Amélie. Evidentemente, no era el momento de contestar, pero enseguida pensó que podía ser Éric. Era un número coreano. ¿Quizá una llamada desde el hotel? Se disculpó ante Bak-yong explicándole que era un tema importante, se dirigió al fondo de la sala y descolgó.
—¿Señora Mortiers? —preguntó una voz femenina en inglés.
—Sí, dígame.
—La llamo de la recepción del Ramada. Hemos hablado esta mañana.
—Sí, ¿qué pasa?
—Era solo para decirle que su colega acaba de subir a su habitación.
—¿Seguro que era él?
—Sí, fui yo quien los registró cuando llegaron.
—...
—Como la he visto muy preocupada esta mañana, me he permitido...

—Ha hecho bien. Gracias otra vez —dijo Amélie antes de colgar.

Le habría gustado interrogar a la empleada, preguntarle en qué estado se encontraba Éric, pero todo el mundo la estaba esperando. Se encaminó hacia el grupo.

—¿Va todo bien? —se impacientó Bak-yong.

—Sí, lamento mucho haber tenido que contestar, pero sospechaba que podía ser una muy buena noticia. El gabinete del secretario de Estado acaba de confirmarme que viajará a Seúl. Por supuesto, lo hará con Michèle Lutz, la alcaldesa de Mulhouse, y con sus respectivos equipos. Espero que sea la oportunidad de firmar nuestro acuerdo.

—¿Acaban de avisarla ahora mismo? —preguntó, pues le parecía poco creíble.

—Sí...

—Como sabe, barajamos muchas propuestas para el emplazamiento de la sede. Nuestra idea es seleccionar dos o tres, y mandaré a nuestros equipos sobre el terreno.

—¿Usted no vendrá?

—Todavía no lo sé.

—Si eligen Francia, le puedo garantizar que haremos del viaje un momento inolvidable para usted y para su esposa —anunció Amélie.

Aquella actitud un tanto grosera pareció irritar al colaborador más estrecho de Bak-yong, que, impasible, la miraba con una suerte de saña contenida. ¿Lo hacía para descolocarla? Era evidente que no le había gustado la propuesta de organizar un fin de semana en Versalles para la delegación coreana. A él todo ese rollo turístico le parecía pura palabrería, un insulto a lo realmente importante. A medida que Amélie iba entrando en materia, él la interrumpía cada dos por tres para pedirle aclaraciones sobre tal o cual cuestión. No tardó en acorralarla con cuestiones logísticas. Al final, Amélie respondió: «Le enviaremos por correo electrónico todos los detalles, por supuesto». Entonces le preguntó por los aspectos fiscales del proyecto, un tema que Amélie nunca había dominado. Jamás en toda su carrera se había encontrado en una situación tan incómoda. Toda su inteligencia no bastaba para inventar algo que no sabía. Incluso Bak-yong empezaba a considerarla poco convincente. Amélie se imaginaba a los alemanes o a los rumanos desarrollando los puntos fuertes de sus sedes. Por supuesto, nada de esto era decisivo. Su misión consistía en presentar una propuesta. Más adelante se entrevistarían con todos los expertos. Pero su exposición establecía el tono; como una primera cita romántica. Bak-yong consultó su reloj y anunció que debía marcharse. De nuevo se mostró muy simpático y aseguró que analizarían el informe con suma atención. Concluyó con una frase que a menudo se considera presagio de respuesta negativa: «La llamaremos».

24

Si bien no había desmerecido, Amélie tenía la impresión de que la presentación no había estado a la altura. Se dijo que tendría que haberla anulado; había sido un suicidio acudir sin Éric. Este sentimiento de fracaso le resultaba intolerable. Había escalado todos los peldaños de su vida profesional, superando celos y golpes bajos, pero era la primera vez que experimentaba una forma tal de humillación. Soñaba con dar marcha atrás en el tiempo y borrar aquella reunión, que permanecería como una mancha en su dignidad. Tenía una cita con otra empresa coreana a las cinco y media, pero llamó a su asistente en París para cancelarla. Era evidente que no estaba en condiciones. Por un momento se planteó volver a llamar a Bak-yong y pedirle otra oportunidad, pero un gesto semejante podía interpretarse como un reconocimiento de fracaso. Tenía que confiar en sí misma; su presentación había sido honesta y había tenido el mérito de mostrar el entusiasmo de Francia.

En el taxi de regreso, Amélie estuvo rumiando su rabia contra Éric. Había intentado localizarlo, pero él no le había cogido el teléfono. De nuevo aquel silencio que la sacaba de quicio. Dado que era evidente que no estaba en peligro, no lograría eximirlo ninguna explicación. Estaba enfadadísima consigo misma por haber pasado la noche anterior con él, incluso por haber disfrutado de su compañía. Atrapada de nuevo en un atasco, era incapaz de contener su agresividad. Se le ocurrió pensar fugazmente que podía haber sucedido algo grave y que él tendría una excusa conforme. Pero enseguida lo descartó. Nada podía justificar su silencio; hay que avisar, dar explicaciones, ponerse en contacto. Nadie sabía mejor que él lo que estaba en juego en la reunión con Samsung. Por un momento pensó que había actuado con ánimo de venganza. Quizá la odiara desde hacía meses y había esperado el momento oportuno para perjudicarla al máximo. Pensándolo bien, se había comportado de forma extraña al final de la velada, cuando evitó coger el ascensor con ella. ¿Se habría sentido culpable de antemano? Había preferido poner fin a su complicidad por miedo a que le faltara valor para llevar a cabo su plan al día siguiente. Todo aquello era absurdo. ¿Qué había hecho ella? A veces la habían criticado por ser un poco seca o demasiado expeditiva. Era firme, sí, pero no por ello menos humana. Su marido le había dicho en una ocasión que todo tenía que girar en torno a su persona. La consideraba egocéntrica. Pero, bueno, se lo había dicho estando enfadado, después de que Amélie olvidara una cena importante para él. A ella le había molestado, no podía pensar en todo, todo el tiempo. ¿La convertía eso en un monstruo egoísta? No, no era justo. Nadie se había quejado de su comportamiento. Se estaba dejando abrumar por una culpa que no tenía razón de ser.

25

Nada más llegar al hotel, se precipitó hacia la habitación de Éric. La limpiadora seguía allí, en el pasillo, como si viviera en aquella planta. Le dedicó un gesto tímido que tal vez pretendía decir: «Quédese tranquila, su amigo está dentro...». Amélie llamó a la puerta, oyó un ruido difícil de identificar, quizá pasos, sí, pasos, y Éric abrió la puerta. Se lo veía increíblemente cansado, como un hombre que regresa de un periplo de varios años. Esta aparición rayana en lo lúgubre la desconcertó. En un primer momento se quedó boquiabierta, escudriñando la habitación en busca de indicios que la ayudasen a comprender. Por fin preguntó: «¿Qué ha pasado? ¿Dónde estabas?». En aquel preciso instante, y solo en ese instante, Éric pareció cobrar conciencia de la situación.

—Lo siento...
—Que lo sientes...
—¿Cómo ha ido?
—¿Me estás preguntando cómo ha ido? ¿En serio? ¿Te estás riendo de mí? He quedado como una gilipollas. ¡Así ha ido! ¿Y tú me puedes explicar dónde te has metido? Te he llamado mil veces. ¿Cómo has podido hacerme esto?
—...

Amélie había explotado de repente, liberando todo lo que llevaba varias horas reprimiendo. Éric repitió una vez más que lo sentía, que no había podido hacer otra cosa. Ella logró dominarse; de nada servía ya estar enfadada. Solo quería comprender, escuchar una explicación. Insistió:

—No puedes decirme que lo sientes y ya está. ¿Dónde estabas?
—...
—¿Qué ha pasado? Y dame una excusa válida. ¿Te has desmayado otra vez y no me lo quieres contar?
—...
—Dime algo...

Éric trató de explicar lo que acababa de vivir, pero no lo consiguió. Como suele ocurrir cuando se producen ciertos traumas, necesitaría una larga digestión para estar en condiciones de verbalizar sus emociones. Solo estaban a su alcance las disculpas, que repetía como un conjuro estéril. Entendía perfectamente la reacción de Amélie, pero aquello no hacía más que agravar su angustia. Ella, al verse frente a un muro, se resignó por fin a decir:

—¿Te das cuenta de que has cometido una negligencia profesional?

—Sí.

—¿Y con las demás citas previstas? ¿Qué pretendes hacer?

—Lo siento mucho, no puedo seguir.

—Éric, no me puedes soltar eso como si tal cosa... en medio de un viaje de trabajo.

—...

—Dime qué es lo que ocurre, vamos a hablarlo...

Saltaba a la vista que algo no iba bien. Amélie trató de rebajar el tono, a pesar de lo mucho que la desconcertaba esa actitud tan poco racional. No sabía qué enfoque adoptar, si mostrarse furiosa, proferir amenazas o sencillamente abrirse a escucharlo. Éric no ayudaba nada, enrocado en el silencio y las disculpas balbuceantes.

Amélie regresó a su terreno predilecto: el pragmatismo. Le dijo a Éric que le daría unas horas para que recapacitara y le contara lo sucedido. Insistió en que no podía abandonar su puesto así, en plena misión. Él volvió a replicar que le resultaba imposible continuar. La misma frase pronunciada con una parsimonia casi inquietante. Una entonación sin el menor atisbo de aspereza. Amélie comprendió que no podía hacer nada más. Se quedó abatida ante aquel hombre al que no reconocía. Pensó en todas las citas pendientes. ¿Cómo iba a lograrlo? No podía cancelar el viaje. Tenía que cumplir a toda costa. Pediría resúmenes al equipo de París y se privaría de dormir si era menester. Éric estaba ya lejos de sus pensamientos, lo importante era su propia supervivencia inmediata y la de su cometido. No podía cargar con la responsabilidad de las divagaciones psicológicas de su colega. Lo único que dijo, con frialdad, fue que llamaría a la oficina de París para solicitar que lo repatriaran. Era preciso que subiera al primer vuelo del día siguiente, no quería volver a verlo ni saber nada de él. Salió de la habitación sin tan siquiera dedicarle una última mirada.

26

Amélie reorganizó su agenda con la ayuda de su equipo. Puso el pretexto de un catarro para excusar su presencia en el cóctel en el que la esperaban esa misma noche. En contra de su costumbre (prefería las conversaciones por escrito), llamó a su marido, unos pocos minutos de diálogo sencillo para preguntar por las niñas y decirle que estaba deseando volver. Al colgar, Laurent pensó: «Algo no va bien». Amélie llamó entonces al secretario de Estado para contarle que las cosas estaban saliendo a pedir de boca. Durante toda la noche, enfrascada en sus fichas, mantuvo la esperanza —sin admitirlo realmente ante sí misma— de recibir noticias de Éric;

¿se daría cuenta de los estragos que estaba causando su actitud? ¿Intentaría reasumir sus funciones? Pero nada, ni una palabra ni un gesto. Al contrario, el asistente de Amélie le confirmó que habían cambiado su billete y que Éric regresaría a París a la mañana siguiente. La cosa no podía terminar así, imposible. Decidió acercarse a hablar con él de nuevo, pero ante la puerta de su habitación se quedó inmóvil. Seguía sintiendo el impulso de decirle que lo comprendía, que todos podíamos derrumbarnos en un momento dado, que era perfectamente humano en vista de la presión a la que estaban sometidos; todos habían sentido el deseo, así, de repente, de tirarlo todo por la borda; la fantasía de decir un día: «Me voy». Pero cuantas más vueltas le daba, más veía en su comportamiento un egoísmo increíble. Al actuar así, Éric no pensaba en ella; incluso en cierto modo la despreciaba. Permaneció parada frente a su puerta, a punto de llamar, pero intuyó que era su ira la que estaba a punto de entrar en la habitación. Dio media vuelta y volvió a sus expedientes.

A la mañana siguiente despertó más combativa que nunca. De ninguna manera iba a revivir lo que había pasado en Samsung. Miró su teléfono y leyó los muchos mensajes que había recibido. Pidió que le subieran el desayuno a la habitación; apenas lo tocó. Se preparó, ensayando algunas de las frases que utilizaría en las reuniones. Cuando cruzaba el vestíbulo para subirse al taxi, la joven recepcionista le hizo una seña. Amélie se acercó y la chica le hizo entrega de un sobrecito con su nombre de pila. Reconoció de inmediato la letra de Éric. Su primer impulso fue tirarlo sin abrirlo. O romperlo. Pero lo cogió. Y, sentada en el asiento trasero del coche, lo abrió y descubrió esta sencilla frase: «Volveremos a vernos».

Segunda parte

1

Éric había madrugado. La indisposición de la víspera era agua pasada. Se sentía en plena forma, preparado para batallar con el equipo de Samsung. Descorrió las cortinas para contemplar largo rato Seúl, una ciudad que parecía no dormir nunca, una urbe que parecía siempre en plena huida (como si tuviera algo que reprocharse). Éric se dejó maravillar por aquel espectáculo desapacible y lluvioso, que contenía una poesía de lo gris. Como todos los que sufren, había soñado a menudo con abandonarse en un país extranjero, con perderse en la primera multitud desconocida que se le cruzara. Desde la duodécima planta del hotel observaba las callejuelas y los callejones sin salida en torno a la arteria principal. Había tantos lugares donde esconderse. El reino del anonimato lo recibía con los brazos abiertos.

Un poco más tarde, llamó al servicio de habitaciones para pedir un desayuno que llegó con desconcertante celeridad. Se bebió el café sentado con las piernas cruzadas en la cama, comió lo que le habían servido, asustado aún por la posibilidad de un retorno del picante; aquí los panes y los lácteos tenían claramente una naturaleza demoniaca. Al salir de la ducha consultó su reloj; faltaba poco para que dieran las diez. Disponía de algo de tiempo antes de la reunión. Quiso enviarle un mensaje a Amélie, pero cambió de idea. Si estuviera despierta, ya le habría escrito. Mejor aprovechar para dar una vuelta. En el vestíbulo pidió que le prestaran un paraguas. La intensidad del chaparrón que estaba cayendo haría el paseo poco agradable, pero no podía resistirse a ese chute rápido de Seúl. Echaría a andar al azar. Al cabo de unos cien metros, con los pies ya mojados, se guareció en el acceso de una boca de metro. A su alrededor, los transeúntes imperturbables avanzaban a un ritmo desenfrenado.* Él era el único ser humano inmóvil a la vista. Durante unos minutos, se quedó contemplando aquel frenesí diario. Nadie parecía prestarle atención; lo esquivaban. Pensó por un momento en su padre, que prácticamente no había salido nunca de Rennes salvo para ir a la montaña, siempre al mismo sitio. ¿Qué habría pensado al ver a su hijo allí, plantado como un pasmarote? Cuanto más observaba Éric la agitación que lo rodeaba, más sentía una especie de parálisis física de su existencia. Por fin algunos coreanos repararon en él, intrigados por aquel extranjero que había pulsado el botón de pausa. Tal vez pensaran que aguardaba que dejara de llover, con un optimismo occidental.

La verdad era otra muy distinta. Aquella interrupción cobraba ahora un cariz más metafísico. Desde hacía años, Éric no hacía más que correr,

---

* ¿A quién se le ocurrió llamar a este lugar «país de la mañana serena»?

encadenar días. Hacia el final de su etapa en Decathlon, alguna que otra vez había experimentado algo así como una necesidad de lentitud. Había sufrido entonces un cansancio que su entorno asoció con el agotamiento laboral. Había mirado a los ojos a la melancolía y se había dejado arrastrar por una fuerza que ponía en tela de juicio el interés de la acción más insignificante. Algo emparentado con aquello lo asaltaba ahora, y no le quedó más remedio que reconocer que su indisposición de la víspera no se debía a una debilidad pasajera. Había que escuchar las manifestaciones corporales. Sin embargo, la noche había sido tan agradable, y una parte de él estaba deseando volver a ver a Amélie. Pero la apatía regresaba, lo percibía sin asomo de ambigüedad. En el fondo, la reunión con Samsung no tenía ningún interés. Estaba mintiendo, representando un papel, nada de lo que le tocaba vivir tenía el más mínimo sabor. En el corazón de la muchedumbre seulesa, reconoció por fin lo esencial: se sentía desfasado con respecto al resto del mundo, y no veía ya ninguna motivación para enlazar los días. Sencillamente, había dejado de encontrarle sentido a lo que se le antojaba una comedia extenuante.

2

Éric era capaz de repasar mentalmente la historia de su mañana: el despertar al alba, la contemplación de la ciudad desde su habitación, la llamada a pasear sin rumbo, hasta el momento en que se detuvo bajo techado. Todos aquellos instantes que habían provocado que se detuviera precisamente allí. Miles de caminos habrían sido posibles, pero fue allí adonde lo guio el azar, hasta aquel lugar que cambiaría su vida. Al otro lado del bulevar, a pesar de la visión difuminada por la lluvia, Éric distinguió de pronto un letrero de neón rojo: HAPPY LIFE. Pensó que sería un centro de masajes o un salón de estética tal vez. Movido por una curiosidad repentina, interrumpió su estatismo para dirigirse hacia aquel local con el enigmático nombre de la vida feliz.

Se encontró en una sala silenciosa y delicadamente iluminada por decenas de velas. Pasar de la calle a aquella estancia era un cambio casi brutal, del caos a la mansedumbre. Una mujer vestida de negro de pies a cabeza se acercó para preguntarle, primero en coreano y después en inglés, si tenía cita. Éric explicó que no tenía ni la más remota idea de lo que hacía allí, que sencillamente le habían atraído los neones rojos. La recepcionista anunció que, por desgracia, no tenía tiempo para charlar en aquel momento. Le ofreció un folleto en inglés y señaló un sillón donde podía sentarse a leerlo. Como no tenía nada más urgente que hacer, Éric se sentó. Le complació aquella manera de dejarse guiar. Era uno de los ingredientes de la melancolía, la obediencia dócil a las órdenes de la vida. El folleto le resultó poco claro al principio. Aparecía la fotografía de un ataúd al lado del cual una mujer posaba sonriente. ¿Sería aquello una secta? Al seguir leyendo por fin lo entendió. Cuando se había estado informando sobre Samsung y las costumbres coreanas, uno de los artículos que había leído hablaba de unas ceremonias que tenían la finalidad de devolver la alegría de vivir. Happy Life era uno de esos centros que organizan falsos entierros, un auténtico fenómeno en el país. Al profundizar más tarde en el asunto, Éric entendería el porqué de la moda. Aquel año, Corea del Sur ocupaba el cuarto puesto en la tabla de países con las tasas de suicidio más altas del mundo. Más allá de la presión constante que sufría una parte de la población, podía comprobarse un recrudecimiento particular de la tragedia entre la juventud de dieciocho a treinta y cuatro años. El miedo al futuro se volvía cada vez más agobiante, y una peligrosa sumisión al éxito lo agravaba, así como la humillación en caso de fracaso. Esta sociedad fundamentada en gran medida en las apariencias (cuántas chicas no se operaban para tener la misma cara, por prurito de no salirse de los cánones de belleza estandarizados) daba de lado a los que no lograban alcanzar lo que se consideraba como éxito. Sobre ese terreno fértil prosperaba Happy Life, tentativa casi mística de proporcionar un antídoto a la desesperación. El concepto se asentaba en una constatación sencilla: enfrentarse a la muerte podía hacer que se recuperara el gusto por la vida.

Éric estaba totalmente inmerso en la lectura cuando la recepcionista irrumpió de nuevo: «Por lo general, organizamos ceremonias colectivas. Y preparamos el ritual con antelación. Pero hemos desarrollado un plan exprés, sin cita previa. Dura más o menos una hora. ¿Le interesa?».

3

El último entierro al que Éric había asistido fue el de su padre. Recordaba aquellos minutos trágicos con una precisión asombrosa y podía volver a ver la masa impresionante de asistentes. Su padre acababa de cumplir cincuenta años, una edad a la que la muerte tiene un regusto de injusticia. Sus colegas estaban apiñados unos contra otros, a un tiempo valientes y más bien frágiles. Éric acusó el peso de las miradas de todos, compuestas de una intensa compasión combinada en ocasiones con apuro. Su madre se había colocado al otro lado del ataúd, lejos de él, lo que empeoraba su dolor. Dominique era incapaz de vencer un sentimiento ruin: le guardaba rencor a su hijo. Por supuesto, sabía que el drama había que achacárselo a la perversidad del destino, pero de nada servía, era superior a sus fuerzas, para ella Éric sería el responsable de la tragedia. Hacía falta un culpable para lo insoportable. Con la cara inundada de lágrimas, Éric perdía a su padre y a su madre al mismo tiempo.

Por instinto, se refugió en lo que sabía del pasado. Sus padres se conocieron el 28 de octubre de 1974 delante del ayuntamiento de Rennes. Pavel Khersonecz* trabajaba en la renovación del edificio del que Dominique salía tras presentar una solici-

---

* En su afán de discreción, amputaría las tres últimas letras de su apellido polaco.

tud de pasaporte. Su intención era hacer un viaje a Tailandia que finalmente no llevaría a cabo. Hacía mucho frío aquel día. Al pasar por delante del albañil oyó que se sorbía los mocos. Sin saber muy bien por qué, se metió en el Prisunic de la esquina para comprarle unos pañuelos. Aquel gesto trivial dejó muy turbado al joven; le pareció que nunca nadie había tenido un detalle tan adorable con él. Su historia comenzó con aquel cuadrado de blancura. Los padres de Dominique, de una burguesía poco dada a conmoverse, no vieron con muy buenos ojos aquella unión. Unos pocos comentarios agrios bastaron. Para Pavel fue consternador, pero su novia no daba su brazo a torcer: «No nos perdemos nada, mis padres son idiotas». Cabía preguntarse si no había escogido aquella caricatura del yerno indeseable para proveerse de una coartada rotunda para la ruptura familiar. La joven tenía ante sí un nuevo mundo, uno de esos mundos totalitarios que erradican todo lo que no posee un vínculo con el corazón latiente. Marcharon a Varsovia en Navidad; le encantó el frío. Allí conoció a los dos mejores amigos de Pavel, dos polacos inseparables que tenían la costumbre de hablar a una sola voz. Luego, los viajes se espaciaron. Pavel había formado una familia francesa y nada le producía más orgullo. Les habría encantado ampliarla, pero Dominique tuvo dos abortos seguidos, lo que condenó a Éric al terreno de los hijos únicos. A veces escudriñaban a las familias numerosas con una pizca de envidia. Inconscientemente, a pesar de su carácter más bien reservado, el niño intentaba ocupar ese espacio. A su padre le encantaba el deporte, y él practicaba dos. A su madre le gustaba leer, y él leía cuatro libros a la vez. Dominique ejercía para entonces como profesora de Geografía e Historia; se quejaba a menudo de que los jóvenes preferían tener antes que saber. Dedicaba las tardes de los sábados a comprobar si su hijo se sabía todas las capitales del mundo. En cualquier momento le preguntaba: «¿Australia?», y él respondía inmediatamente como un mono amaestrado: «¡Camberra!». Pavel lo sacaba de casa, lo llevaba a jugar al tenis. Todos los fines de semana acompañaba a su niño prodigio, extasiado ante su más mínima hazaña. Aunque el talento de Éric era innegable, sus padres se negaron a matricularlo en un programa de estudios deportivos en sexto curso. El tenis debía seguir siendo una pasión, un placer, no podía convertirse en ambición profesional. Pavel soñaba con que su hijo fuera abogado, dentista, director de empresa o incluso ministro; la profesión daba igual, siempre que le granjeara la admiración del vecindario y, de paso, la seguridad económica. Durante toda su infancia, Éric interpretó el papel del buen estudiante con el que siempre se podía contar. Sobre sus hombros recaía el peso de las expectativas de su padre, una combinación de revancha social e ideal de integración. El muchacho acarreaba algo así como dos porvenires. Dicho esto, Pavel no lo sometía a ninguna presión. Cuando asistía a los partidos de su hijo, aplaudía cada punto que ganaba en la misma medida que lo animaba con cada punto que perdía. Nadie podía imaginar en aquel entonces que el tenis sería el desencadenante del drama.

*

El último verano que pasaron los tres juntos, fieles a su costumbre, fueron de acampada a los Vosgos. Se patearon los senderos, contemplando como si fuera la primera vez lo que ya conocían. Pavel necesitaba recargar las pilas en la naturaleza; durante tres semanas al año, no quería ver ni un solo edificio. Se extasiaba con cada árbol y respiraba los helechos. Le evocaba su infancia polaca, cuando se pasaba el día recogiendo ortigas para las sopas de su abuela. Estaba decidido a transmitir a su hijo su amor por la naturaleza. Cuando anochecía, admiraban las estrellas e intentaban relacionarlas mentalmente para que surgiera una palabra o una forma en el espacio. Éric casi podía tocar con las yemas de los dedos el recuerdo de aquellas veladas, tan grabadas estaban en su memoria. Cuando las vacaciones tocaban a su fin, su padre pronunció una extraña frase que ahora le parecía premonitoria: «¿No te parece que las estrellas son ojos que nos observan?». Él no respondió en ese momento, pero nunca volvió a mirar al cielo de la misma manera.

*

Después de aquel último interludio celeste, hubo que regresar a Rennes. A principios de septiembre, antes de empezar su segundo año de empresariales, Éric se apuntó a un torneo de tenis. Los finalistas tenían que jugar dos partidos al día hasta el siguiente domingo. La competición se celebraba en el club de tenis de la vecina localidad de Cesson-Sévigné. Como había jugado poco en los últimos meses, el nivel le pareció especialmente alto. Sin embargo, logró superar las cuatro primeras eliminatorias, disputando partidos cada vez más intensos y reñidos. En cuartos de final se enfrentó a Frédéric Touchard. Éric lo conocía bien porque se lo había cruzado muchas veces en la pista. El resultado del primer set fue extremadamente ajustado, lo que llevó a los jugadores a un *tie break*. Al final, Éric se impuso por ocho puntos a seis. El torneo se disputaba en dos sets, así que ya tenía la mitad del camino hecho. Ya se veía en la siguiente ronda, y quizá en la final. Si bien el primer set había estado reñido, el segundo fue aplastante. Pero justo cuando iba ganando 5-0 y se disponía a servir para ganar el partido, Éric se torció el tobillo en la volea. Una torsión mínima (una desviación de un centímetro en la posición del pie, quizá menos, algo ridículo en la escala de los movimientos corporales) le hizo perder el equilibrio y se cayó. Éric se dio cuenta enseguida de que no podría seguir. El dolor no era insoportable, pero le resultaba imposible apoyar el pie. Así que tuvo que tirar la toalla. Su adversario, que estaba a punto de perder, se sintió terriblemente avergonzado de ganar de esa manera; pasaría a la semifinal con el regusto de la ilegitimidad en los labios.

Los escasos presentes se acercaron para interesarse por el estado de Éric. Él tranquilizó a todo el mundo, había cosas peores, así es la vida. Le dieron una bolsa de hielo que se aplicó en el tobillo para aliviar el dolor. Le deseó buena suerte a Frédéric para el resto de la competición, poniendo buena cara. En el fondo estaba muy disgustado; el partido era claramente para él. Algunas vidas parecen escritas contra la voluntad de su autor. Justo cuando se hundía en la decepción, recibió una llamada de su padre. Quería conocer el resultado. Al enterarse de la lesión, le dedicó a su hijo unas palabras amables y se ofreció a ir a buscarlo en coche. «Termino un par de chapuzas en una obra y voy», dijo antes de colgar. Éric agradeció la consideración de su padre; siempre estaba ahí para él. Así no tendría que coger el autobús con ese dolor de tobillo que no hacía más que empeorar. Aprovechó para echar un vistazo a los demás partidos que se estaban jugando. Al cabo de un rato, decidió no infligirse más ese castigo y prefirió esperar fuera del club de tenis.

Empezaba a hacérsele un poco larga la espera. Los partidos iban terminando uno tras otro. Al salir del club, todos los jugadores le dirigían alguna palabra afectuosa, de aliento. Uno de ellos, al que no conocía, se ofreció a llevarlo en su coche. Éric le dijo que iban a venir a buscarlo, aunque pensó para sus adentros que debería haberle dicho que no a su padre. Era obvio: cualquiera podría haberlo llevado a casa. Pero Pavel se había ofrecido enseguida, a pesar de que se había levantado al alba, como siempre, y ya tenía un largo día de trabajo a sus espaldas. Aquel trayecto de ida y vuelta representaba un esfuerzo considerable, sobre todo a media tarde, justo cuando el tráfico empezaba a congestionarse en la circunvalación de la ciudad. Probablemente eso explicaba por qué aún no había llegado. Habían hablado hacía una hora, y se tardaba en llegar unos veinte minutos. Cuando uno menciona «un par de chapuzas», por más vaga que sea la expresión, no suele tardar más de media hora. Éric llamó a su padre, sabiendo que nunca cogía el teléfono cuando iba al volante, sobre todo por temor a infringir la ley. Seguía asustándole la idea de meterse en problemas con la policía. A pesar de que se había nacionalizado francés, nunca había podido desprenderse de la sensación de estar en libertad condicional, de ser un fraude.

A lo lejos, Éric oyó una ambulancia. De manera instintiva pensó: van a atender a mi padre. ¿Por qué tuvo aquella intuición? Imposible explicarlo. Se levantó del banco y avanzó trabajosamente hasta la entrada del club. Quiso llamar a su madre, a lo mejor ella podía decirle a qué hora había salido Pavel. Pero se lo pensó mejor. Acechaba la llegada de todos los coches con una ansiedad creciente, atormentándose con cada esperanza en falso. Al propagarse por todo su cuerpo, la angustia acabó anestesiando el dolor del tobillo. Ya no sentía nada, hacía al menos media hora que su padre tendría que haber llegado. Marcó su número de nuevo y le saltó el buzón de voz. La llamada anterior había dado señal, en el vacío, sí, y sin respuesta, sí, pero con señal al menos. Ahora el teléfono estaba apagado o estropeado. No había túneles en los alrededores. Tal vez su padre había echado un vistazo al móvil con la primera llamada y en ese preciso instante había decidido pisar el acelerador. O se había desconcentrado. La conciencia de Éric emprendía ya los caminos viciados de la culpabilidad.

Éric acabó por pedir un taxi. Lo informaron de una espera de ocho minutos y tuvo que llamar al conductor una vez transcurrido el tiempo límite. Finalmente, un Renault gris se detuvo frente al club. Se acomodó en el asiento trasero sin dificultad. Apenas un kilómetro más adelante, dejaron de circular. «Debe de haber habido un accidente y todo el mundo quiere verlo», dijo el conductor. «El atasco es por mera curiosidad». Éric reconoció inmediatamente el coche de su padre. Se apeó del taxi, pero dos gendarmes le impidieron el paso. Preguntó dónde estaba el conductor. Se lo acababa de llevar la ambulancia. Como lo confundieron con un transeúnte, le anunciaron sin rodeos que había muerto. Éric cayó de rodillas junto al taxista, que había aparcado en el arcén. La policía lo llevó a casa; era él quien debía darle la noticia a su madre. En el coche patrulla no pudo evitar pensar en la última conversación que había mantenido con su padre, en ese mensaje que aludía a «terminar un par de chapuzas». ¿Cómo podían haberse despedido con semejantes palabras? Éric tenía ganas de darse de cabezazos contra la ventanilla. Su padre había muerto y todo era culpa suya. Los dos policías le dedicaron unas palabras de consuelo, pero no había nada que decir; el silencio era sepulcral. Lo dejaron junto a su edificio, ofreciéndose a subir con él. Prefirió estar solo. Cuando puso un pie en el suelo, el tobillo volvió a dolerle una barbaridad; se le había hinchado de golpe. Atravesó el pasillo cojeando, llamó el ascensor y subió al cuarto. Delante de la puerta del apartamento se quedó inmóvil. Por fin sacó las llaves y abrió. Identificó al punto la presencia de su madre en la cocina; seguramente estaría preparando la cena con la radio puesta. Reconoció una melodía que sonaba a todas horas: «Il jouait du piano debout», de France Gall.* Cada paso que lo acercaba a su madre le exigía un esfuerzo atroz. Estaba de espaldas en la cocina y casi sintió alivio de no tener que enfrentarse a su rostro de inmediato. En el momento en que Éric vio con espanto los tres platos dispuestos encima de la mesa, Dominique se volvió: «¡Ah, ya estás aquí...! ¿Qué? ¿Has ganado?».

4

Así que el azar había dirigido los pasos de Éric hasta aquel dudoso negocio de Seúl. ¿Por qué no probar la experiencia? El plan exprés e individual solo duraba una hora. Mientras pagaba, la mujer le explicó: «La mayoría de las veces las ceremonias son colectivas. Al unirnos con otras personas, cultivamos más aún el gusto por la vida. Pero algunos prefieren morir solos. Quizá se acentúen el vértigo y la consternación...». Añadió un puñado de frases sobre el trance que estaba a punto de vivir, un momento de la más elevada intensidad espiritual, en un tono sorprendentemente mecánico. Si hubiera vendido pólizas de seguros no habría adoptado otra entonación. Éric no quería que sus palabras le desvelasen lo que le aguardaba, dejó de escuchar sus comentarios. Podía imaginar el bienestar que proporcionaba enfrentarse a la finitud. Varias veces, al término de un entierro, había oído a la gente ha-

---

* Meses más tarde, al oír esta canción en una tienda, Éric se desharía en sollozos.

blando de unas ganas de vivir exacerbadas por la conciencia de la muerte. Nos repetimos a nosotros mismos, como un sencillo poema estudiado en la escuela, que tenemos que aprovechar al máximo cada minuto de nuestras vidas. Ganamos perspectiva, y nuestros sinsabores cotidianos nos aparecen por fin como lo que son: irrisorios. Pero esta toma de conciencia no dura, y pronto volvemos a quejarnos de trivialidades, como movidos por un deseo inconsciente de recuperar cuanto antes esa energía impermeable a lo efímero. Y regresa la indiferencia, hasta el siguiente muerto.

Éric no tenía ni idea del desarrollo de la ceremonia. ¿Iban a meterlo en un ataúd? Debía dejarse guiar, sin reflexionar en exceso. La mujer lo condujo a una segunda habitación sumida en la penumbra en la que flotaba un potente olor a incienso. Antes de dejarlo solo, le pidió que se descalzara, orden que ejecutó con docilidad. Se presentó entonces un hombre de edad indefinida:

—Buenos días, me llamo Yoon y seré su acompañante durante todo el viaje.
—Buenos días.
—Se llama usted Éric Kherson, ¿verdad?
—Sí.
—¿Está bien escrito? —preguntó enseñándole un trozo de papel.
—Sí, perfecto.
—Y nació en 1977, ¿no?
—Eso es.
—Estupendo. Es importante que todo esté correcto.

—...

—Como no tenía cita, imagino que no habrá traído una foto suya.

—No.

—No pasa nada. Yo me encargo.

—¿Para qué la quieren?

—Para el retrato mortuorio. Lo habitual es que la gente traiga su foto favorita. Ver el propio rostro encima de un féretro es una etapa muy importante del proceso.

—...

El hombre aumentó la luminosidad de la sala y sacó una cámara digital de una bolsita. Éric pidió un momento para reflexionar; no sabía qué expresión elegir. Era la primera vez que lo fotografiaban para una ocasión semejante. Aunque algunas personas organizan su funeral con mucho esmero, le parecía improbable que previeran una «foto de perfil» para su lápida. ¿Debía sonreír? Si lo hacía, remitiría a los buenos recuerdos, a los momentos felices, a lo mejor de la vida. Pero había algo incongruente en mostrarse jovial encima de un cuerpo en descomposición. Dicho esto, había quienes pedían que sonaran melodías pegadizas en los funerales. Uno puede abandonar este mundo al son de Daft Punk. No obstante, Éric no se sentía cómodo con la idea de sonreír. ¿Cara seria, entonces? De repente se le vino a la cabeza la expresión «cara de entierro». Quizá fuera el momento perfecto para adoptar ese rictus. Justo cuando se disponía a validar una actitud triste, cambió de opinión. Aquello era echar más leña al fuego, acentuar el carácter grave de lo que ya era grave de por sí. Quizá lo mejor sería dar la imagen de un hombre que había dominado los caprichos de la existencia. Sí, aquello le encajaba a la perfección, un aire apacible y sereno, un lago suizo en el semblante. Aunque fuera engañoso, pues lo atormentaban tantos remordimientos... Su último paseo sin rumbo, esa misma mañana, no le había dado tregua. No partía con la mente tranquila. Había que ofrecer a la eternidad el reflejo de su verdadero yo. Frente a él, el hombre esperaba, sin mostrar el menor signo de fastidio. Debía de estar acostumbrado a esas vacilaciones postreras. Uno no se va de la vida como quien se va de fin de semana a Roma. Se podía percibir la benevolencia en sus ojos, una preocupación por no tomarse a la ligera las emociones que sentían los hombres y mujeres que habían acudido a su negocio para aliviar un sufrimiento o tratar de consolarse, al menos. Era exactamente esa mirada la que Éric quería mostrar en su tumba: la mirada de la compasión frente a su destino.

Observó a Yoon y se dejó inmortalizar en una fotografía. Ahora tocaba pasar a la siguiente fase: escribir una breve semblanza en tercera persona y dar con un epitafio. Decantarse por el plan exprés implicaba escribir rápidamente un texto que podría haberle exigido horas, incluso días. ¿Cómo resumirse tan de buenas a primeras? Yoon le explicó que podían ser unas cuantas frases nada más. Suele decirse que uno ve la vida pasar ante sus ojos antes de morir. Éric podía escribir un texto que ensalzara sus cualidades humanas o las cosas que había logrado en el camino. El tiempo apremiaba; le resultaba complejo zambullirse por completo en la tarea, sabiendo que pronto debía presentarse ante Amélie para mantener una reunión crucial. Los retos terrenales parasitaban el movimiento celeste. Como no quería renunciar a aquella experiencia que parecía cobrar cada vez más sentido, acabó anotando cuatro palabras: «papá», «huérfano», «trabajo» y «remordimiento». Así fue como se las arregló para escribir lo siguiente:

Éric Kherson nunca olvidó la alegría de convertirse en padre. Una alegría que superaba a todas las demás de su vida. Sin embargo, siempre lamentó no haber estado lo bastante cerca de su hijo. También tuvo la bendición de unos padres maravillosos y cariñosos. Sufrió por no ser capaz de reconciliarse con su madre. Podía estar orgulloso de su carrera profesional, aunque su malestar lo convirtió a menudo en una criatura ausente del mundo.

Se demoró en aquellas palabras, «una criatura ausente del mundo». Éric habría querido añadir más elementos, sobre todo relativos a la faceta alegre de su vida, pero todo aquello lo había pillado desprevenido. Esas pocas palabras, no obstante, le sentaron bien; se sintió obligado a ahondar en las profundidades de sí mismo, sin escurrir el bulto. Yoon había insistido en que escribiera la semblanza, aun sabiendo que en aquella ceremonia no se leería. Él era incapaz de leerla en francés, y no tenía ningún sentido traducirla al inglés. Lo importante era haberla escrito. Desde que trabajaba en Happy Life, Yoon se había enfrentado principalmente a personas que aludían a sus pesares. Quizá fuera eso lo que quedaba al marcharnos: lo que nos habíamos perdido. Había una dominación clara de los fallos por encima de los logros. Pidió a su cliente que escribiera el epitafio. De nuevo, ¿cómo escribir en un minuto o dos algo que permanecería para siempre? Lo primero que se brinda a los ojos de los visitantes de un cementerio, a pesar de que cada vez se ven menos. Esa tradición de arropar la propia eternidad con una sentencia desparecía paulatinamente. ¿Qué escribir? Éric no tenía la más mínima idea. Aunque participaba en aquella ceremonia de todo corazón, su elección no sería definitiva. Podía equivocarse; no era más que un borrador de entierro. De repente, le vino a la mente una frase que acababa de leer. Le parecía grandilocuente y dramática, pero le gustaba su sonoridad. Al bajar a echar un vistazo al sótano de su madre había vuelto a toparse con *La metamorfosis* de Kafka.* Él, que se había alejado de las novelas, la estuvo releyendo durante el mes de enero y anotó varias citas, entre ellas la que ahora escogía por lo que evocaba: el final del dolor. Así pues, se decidió por estas palabras: «La tormenta de mi pasado que soplaba a mis espaldas se apaciguó».

Tras echar mano de una aplicación de traducción, Yoon hizo un gesto con la cabeza, como si diera su aprobación a la frase. Abandonó entonces la sala sin decir nada, con las hojas donde estaban escritos la semblanza y el epitafio. Éric se quedó solo en la antecámara de lo incierto.

---

* Más tarde descubriría esta otra frase célebre del autor: «Me he pasado la vida muriendo».

5

Yoon regresó al cabo de unos minutos con una prenda blanca en las manos. Era un mono ligero que Éric debía enfundarse. Detrás de un biombo se desvistió y se puso aquella especie de bata; el tejido parecía casi inexistente sobre su piel. Había muy poca diferencia con respecto a estar desnudo.

—¿Listo? —preguntó Yoon.
—Sí.
—Pues venga conmigo.

Enfilaron un largo pasillo, un pasaje sin duda simbólico, para penetrar a continuación en una sala grande iluminada por velas y llena de ataúdes. Éric se había imaginado un espacio más íntimo. Por lo visto, las ceremonias particulares tenían lugar en el mismo sitio que las colectivas. A decir verdad, la mayoría de los entierros se celebraban por la tarde. Los coreanos podían elegir entre morir o cantar en uno de sus incontables karaokes. De pronto, Éric se preguntó qué hacía allí, si aquella situación no sería totalmente absurda. Sin embargo, notaba ya los primeros indicios de bienestar. El sitio transmitía serenidad. Yoon lo observaba con semblante serio y acompañaba cada uno de sus gestos con una gracilidad solemne. Cuando avanzó hacia su propio ataúd, las pocas dudas de Éric se disiparon. Debía pasar por aquella experiencia; curiosamente, tenía la vaga impresión de haber esperado desde siempre ese momento. Se parecía a esa emoción especial de encontrarnos inmediatamente en nuestro lugar en un sitio que estamos descubriendo; o en perfecta complicidad con una persona que acabamos de conocer. El presente lo embargó por completo, ahuyentando el pasado y el futuro para dar paso a una hegemonía total del ahora. La silueta de Yoon se volvió fantasmal, apenas una forma humana. Éric estaba solo ante su féretro, hipnotizado por lo que veía.

Éric Kherson
1977-2020

Examinó la foto colocada en un marco, la que acababan de hacerle. La expresión de su mirada le inspiró lástima. Tenía ganas de consolar a ese hombre, de decirle que siempre lo había hecho lo mejor que había podido, pero ningún sonido salía de su boca. Era hora de que reinara el silencio. Las sombras de las velas tremolaban sobre la fotografía, dejando a ratos su cara en tinieblas. Leyó su frase, y aquellas palabras, «La tormenta de mi pasado que soplaba a mis espaldas se apaciguó», se le presentaron como una certeza. Yoon apareció y movió la tapa del ataúd. Le brindaba un lecho mortuorio a Éric, que podía tomarse el tiempo que necesitara antes de acomodarse. Sin saber muy bien por qué, se acordó de las aguas glaciales de un lago, de una tarde soleada en la montaña donde habría soñado con refrescarse, de sus dudas ante la idea de bañarse. Se dejó invadir por imágenes de una naturaleza salvaje. La ciudad ruidosa y caótica había dejado de existir. Rozó entonces el féretro exactamente igual que quien toca un cuerpo de agua que presupone fría. El contacto de su piel con la madera lo tranquilizó; por instinto supo que estaría bien cuando se tumbara. No pensaba en absoluto en el carácter extraño de lo que estaba haciendo: simular su propia muerte. El acto no le parecía incongruente sino todo lo contrario, impregnado de una voluptuosidad o de una delicadeza capaz de ahuyentar la incertidumbre. Pasó las piernas por encima del borde del ataúd y se encontró de pie en su interior. Se tumbó sin dificultad, con los brazos pegados a los costados, en aquel espacio que parecía diseñado para acunar a la perfección sus contornos. Por primera vez desde que había entrado en la sala, se fijó en un techo tan oscuro como una noche sin luna. Solo las velas, con su titilar y las fluctuaciones de sus llamas, aportaban algo de movimiento al espacio. Ahora que se había quedado quieto y que su respiración se mitigaba, casi parecía que hasta los minúsculos destellos de luz quisieran pasar inadvertidos. Sin hacer ruido, Yoon movió la tapa y encerró a Éric. Se habla a veces de un silencio sepulcral; así fue. No le llegaba ni un solo sonido. La oscuridad era completa. Otro podría haber sufrido una crisis de pánico desencadenada por la claustrofobia o por un ataque de ansiedad, pero Éric se dejó absorber por la intensidad de la experiencia.

Cuando tratase de rememorarlo más adelante, le resultaría imposible determinar cuánto tiempo había permanecido allí. Hasta los minutos le resultaban inciertos. Igual de difícil le sería recordar con exactitud los pensamientos que había tenido. A Éric le parecería haber visto algunas caras, entre ellas la de su padre y la de su hijo, y luego había revisitado ciertos instantes del pasado antes de dejar que su conciencia se perdiera en tierra de nadie, una especie de errancia en la que las imágenes mentales no poseen ya la capacidad de aferrarse a nada. Nunca se había sentido tan bien, como aliviado de todo, aligerado del peso de la vida. Estaba allí, inmóvil, a oscuras y en silencio, y fue como una caricia infinita. Al permitir que sus sentidos experimentasen la muerte, saboreó una felicidad cercana al clímax. Respiraba tranquilo, concentrándose únicamente en el ritmo de cada inspiración y espiración. La nada se adueñaba de él con dulzura en un viaje estático en pos de lo esencial.

¿Sería eso la muerte? Más tarde, Éric se pondría a leer en foros coreanos las impresiones de quienes habían pasado por su misma experiencia. Algunos contaban que su visión de la vida había cambiado; otros, que ahora tenían una imagen mejor de sí mismos. Muchos escribían esta frase: «Fue como si se me ofreciera una segunda oportunidad».

6

Al cabo de un tiempo, Éric decidió regresar a la vida. Tocó con los nudillos en la madera del ataúd, como había convenido con Yoon, que acudió de inmediato para sacarlo. Estaba acostumbrado a ver a hombres y mujeres salir de la muerte, auténticos Lázaros en plena resurrección, transfigurados por la experiencia. Por supuesto, algunos permanecían insensibles a lo que acababan de vivir, pero, en su gran mayoría, los participantes salían transformados. Éric observó el espacio en el que se encontraba con la sensación de estar aún inmerso en los abismos del silencio y la nada. Se percató de que le costaba andar, vaciló y enseguida hizo amago de sentarse en el banco más cercano. Yoon se acercó y le explicó con amabilidad que iba a dar comienzo otra ceremonia; debía abandonar la sala. Antes de salir, Éric lanzó una última mirada a la estancia y a su tumba efímera. Comprendió que su vida iba a cambiar por completo a partir de entonces. En el mismo lugar donde se había desvestido una hora antes vio su ropa colgada del perchero. Aquella acción se le antojaba lejana, casi borrosa. Cada elemento de su pasado, incluso su identidad, regresaba de manera progresiva como regresa la consciencia después de un sueño agitado. Yoon le había dicho que podía tomarse todo el tiempo que quisiera en aquel cuarto. De todos modos, no se sentía capaz de marcharse deprisa, de reencontrarse súbitamente con el frenesí urbano. Necesitaba dejarse llevar en ese estado intermedio indefinible. ¿Cómo poner en palabras lo que acababa de vivir? Si alguien lo hubiera interrogado en aquel preciso momento lo habría tomado por un loco o un caso perdido. Por lo demás, no tenía ni la menor idea de lo que debía hacer. Su teléfono apagado recibía los incontables mensajes de Amélie. Él, que había sido siempre empático y sensible a las inquietudes de los demás, se sentía embargado de pronto por una sola preocupación: él mismo.

Haría falta tiempo para determinar el alcance de la experiencia. Yacer en un ataúd podía modificar la trayectoria de una persona. Si aquellas ceremonias coreanas gozaban de tanto éxito era por su efecto realmente benéfico. Hay una clara diferencia entre el hecho de ser consciente de la muerte y el hecho de (casi) vivirla. Quienes han estado al borde de morir suelen conocer esa sensación. Regresan a la vida transfigurados. Han sobrevivido a la cercanía con lo definitivo y se vuelven mucho más fuertes gracias a haber sufrido una fragilidad tan extrema. Muchos artistas son de hecho supervivientes. Éric iba a sentir eso mismo. No solo tendría por fin ganas de vivir, sino que a partir de entonces necesitaría dirigirse a la belleza.

Antes de marcharse del establecimiento, dio las gracias a la mujer de la recepción. Una vez fuera, la ciudad de Seúl le pareció distinta. El ruido incesante se había tornado armonioso. Con los primeros minutos de aquel regreso a la vida, Éric parecía recién salido de una secta, o como si hubiera consumido una de esas drogas que te lanzan a un amor frenético por los demás. Necesitaría algo de tiempo para recuperar la justa medida de las cosas. Había dejado de llover. El suelo mojado proporcionaba a la urbe un brillo casi dorado. Pasó por delante de un parque y decidió visitarlo. Durante una hora, puede que más, se quedó apoyado contra un árbol. Al final pidió indicaciones para volver al hotel. Cuando entró en su habitación solo le apetecía una cosa: tumbarse y dormir. En aquel preciso instante fue cuando chocó de bruces contra la realidad. Descubrió los mensajes de Amélie, cada vez más alarmados. Mucho más tarde se preguntaría cómo había podido ser. El impacto del ritual le había provocado un cortocircuito mental. Se encontraba ahora ante la catástrofe en toda su magnitud. La reunión ya había empezado. Era demasiado tarde. Podría haber llamado a Amélie y fingido una nueva indisposición, pero algo se lo impedía. Luego acabaría lamentando con amargura aquella actitud. Se avergonzaría de haber puesto a Amélie en semejante brete. Pero, en aquel momento, se sentía impermeable a los retos de la realidad.

7

Durante la confrontación con Amélie, permaneció mudo. Ella, como es lógico, le pidió que volviera a París. Aquella etapa de su vida terminaba brutalmente. Comprendía su ira, sabía que era probable que lo despidieran. Desde luego, este último punto le venía de perlas. Sin asomo de duda, no quería seguir por esa vía profesional. Si bien no sabía hacia dónde orientarse, su única certeza era la siguiente: quería dar sentido a su existencia. Por supuesto, le habría gustado que las cosas fueran de otra manera, habría preferido cumplir su cometido de forma competente, así como la reunión con Samsung, para luego presentar su dimisión nada más regresar. ¿Cómo explicarle a Amélie que había terminado tumbado en un ataúd y se había olvidado de todo? Lo tomaría por loco. Sin embargo, no podía dejarla así, en la incomprensión más absoluta. Se propuso escribirle una carta, sin saber muy bien por dónde empezar, hasta que finalmente se dio por vencido tras descartar varios borradores. No lograba expresar lo que le había ocurrido; algunas sensaciones son inalcanzables para las palabras; el vocabulario no logra a veces trascender lo racional. Por fin redactó una frase muy sencilla, a modo de guiño, para anunciarle que algún día podrían volver a verse y conversar tranquilamente.

Por el momento, Amélie no querría ni oír hablar de él. Seguro que se arrepentía de haber ido en su busca y de haberlo sacado de Decathlon, todo para acabar siendo víctima de tamaña traición. Y en el peor momento posible. Había pocas probabilidades de que los coreanos tuvieran ganas de establecerse en Mulhouse. Había sido él quien había preparado el informe durante semanas, él quien sabía perfectamente cómo promover la propuesta francesa. Era lo que más sentía. Le mortificaba haber perjudicado a Amélie. Desde luego, no era del todo responsable de lo que había pasado, pero con su actitud había pisoteado aquello que los unía. Incluso la alegría de su última noche juntos parecía ahora incongruente. Se aludiría al estado de salud de Éric para apartarlo con total discreción. En efecto, tras mucho pensarlo, Amélie llegó a la conclusión de que no podía despedirlo por negligencia, lo que habría equivalido a desacreditar su fichaje, que ya entonces había resultado extraño. Con el fin de simplificar la situación, Éric presentó su dimisión. Pese a todo, al equipo le sorprendió constatar que no volviera a recoger sus cosas y que nadie organizara un brindis de despedida. Corrieron rumores,* tanto más cuanto que Amélie esquivaba el tema. A decir verdad, ella tampoco sabía lo que había pasado. Éric no había querido hablar y ella no iba a atosigarlo. La única explicación posible seguía siendo el agotamiento laboral. Una explosión en pleno vuelo. Un acto fatal, una especie de harakiri en su carrera. Sus conjeturas se evaporarían enseguida en beneficio de una psicosis global provocada por la aparición de un virus. Solo se hablaría ya de eso, y más aún en el sector del comercio exterior, en el que todo dependía del diálogo y los viajes. La covid sumiría su departamento en un periodo de lo más incierto que cuando menos tendría el mérito de hacer olvidar la ausencia de Éric y la sarta de hipótesis acerca de su espantada.

En cuanto a él, vivió aquella conmoción de manera casi mística. Justo cuando decidía interrumpir el ritmo desenfrenado de su vida, justo cuando se proponía renacer bajo otra estrella, el mundo entero, como en un eco cautivador, se detenía con él. Si hubiera tenido tendencia a la megalomanía, habría visto en ello la señal de que la humanidad se adecuaba a su ritmo.

8

Nada más volver de Seúl, Éric fue a ver a su exmujer. Por lo general, hablaba con Isabelle por mensajes, sobre todo de la organización de los hora-

---

* Incluso se llegó a hablar de un posible escándalo sexual.

rios de Hugo. Decidió presentarse sin avisar en la puerta del hospital Saint-Antoine. Éric no había previsto la emoción que sentiría al verla, lo que no quitaba que le pareciera que el tiempo había hecho su labor y había cicatrizado las heridas de la separación. Cabe pensar que quedaban aún rescoldos del pasado. Le propuso tomar un café, pero ella contestó que no tenía tiempo.

—Esta noche voy al teatro con Marc.
—¿Qué vas a ver?
—No lo sé. Ha sacado él las entradas...

Conque aquel era el secreto, sacar entradas para el teatro. Cualquier obra valía con tal de crear la ilusión de ser una pareja dinámica. Éric se preguntó por qué se dejaba llevar por tales consideraciones; aquella ya no era su vida.

—¿Seguro que no tienes tiempo para un café rápido?
—No, de verdad, lo siento... Pero ¿tú no estabas en Corea?
—He vuelto antes de lo previsto. Ha salido todo muy bien, no tenía sentido eternizarse.
—Pues mejor. ¿Y bien? ¿Qué es eso que no podía esperar?
—Precisamente tiene que ver con mi trabajo. He decidido organizarme de otra manera. Voy a levantar un poco el pie del acelerador... Y ya no viajaré tanto. No puedo seguir...
—¿Qué? ¿Huyendo?
—No sé si es esa la palabra, pero quiero que las cosas cambien.
—¿Y eso es lo que has venido a contarme?
—Sí, porque te atañe.

—¿A qué te refieres?

—Quiero estar con Hugo en semanas alternas. Una custodia compartida de verdad.

—Pero... no podemos hablar de eso así, como si nada... en medio de la acera.

—¿Por qué crees que te proponía tomar un café?

—Sabes muy bien que es complicado. Vives algo lejos del colegio...

—Voy a mudarme para estar más cerca. Y mientras encuentro un piso lo llevaré yo todas las mañanas.

—No me entero. Si lo llevas tú, no estarás en la oficina a las nueve.

—Ya te he dicho que las cosas iban a cambiar.

—Mira, Éric... hace años que dejas toda la organización en mis manos. Así que vamos a tomarnos un tiempo para pensar. Yo ahora voy con prisa. La verdad, esto no tiene ningún sentido.

—Perdona. Entiendo perfectamente que te parezca todo muy repentino. Pero necesitaba decírtelo ya. Y, como voy a hablarlo con Hugo, quería que lo supieras de antemano.

—Precisamente, las cosas para él están bien así.

—Ya veremos. Quizá lo descoloque un poco al principio, pero créeme, me necesita. Y yo voy a estar ahí para él.

—Vale, mira... Ya lo hablaremos en otro momento, ¿te parece?

Isabelle le dio un beso rápido y se encaminó hacia el metro. Éric le dio alcance:

—Perdona, no te quiero retrasar, pero no lo hablaremos en otro momento. Cuando nos separamos no me puse cerril, firmamos un acuerdo amistoso y convinimos una custodia compartida por principio. Pero tú entonces decidiste, porque yo estaba fatal, quedarte con Hugo. Solo estoy reclamando lo que me corresponde por derecho. Lo que acordamos. Quiero que viva conmigo una semana de cada dos.

Isabelle se quedó boquiabierta. Nunca había visto a Éric así, tan decidido. Al final repitió que aquellas no eran maneras de hacer las cosas, que no se podía dirimir una cuestión tan importante así como así, y se metió en el metro. Por más que el método la disgustara, Isabelle sabía que Éric estaba en su derecho. Durante todo el trayecto y buena parte de la representación teatral —sin interés—, no dejó de pensar en la forma en que Éric se había presentado. En sus últimos años en pareja se había mostrado cada vez más letárgico. Por supuesto, ella había hecho todo lo que estaba en su mano para ayudarlo, hasta que paulatinamente desistió. No le quedó más remedio que dejarlo. Él se volcó entonces en su vida profesional, desatendiendo a su hijo, al que sin embargo adoraba más que a nada en el mundo. Isabelle, subestimando hasta qué punto el dolor puede traducirse en renuncia, lo había considerado una huida. Éric se sentía culpable de que ella lo hubiera dejado; si todo era por su culpa, ¿por qué iba a merecerlo su hijo como padre? Ahora ponía fin a aquella privación que se había infligido a sí mismo. Estaba convencido de que encontraría las palabras adecuadas para Hugo, que podría hacerle entender su deseo de recuperar el tiempo perdido. Cuando hablasen al día siguiente, se ocuparían fundamentalmente de la logística. Éric le propondría a su hijo que se quedara con su habitación, más espaciosa y provista de cuarto de baño. Aquel simple gesto denotaba su entusiasmo. Probablemente, Hugo hubiera esperado desde siempre que su padre se mostrara por fin presente.

Se decidió que la primera semana que Hugo pasaría en casa de su padre sería la del 9 de marzo de 2020. Días más tarde, Emmanuel Macron anunciaba el primer confinamiento. Había que escoger domicilio, no había tiempo que perder. Al ser personal sanitario, Isabelle corría el riesgo de disponer de muy poco tiempo en el futuro más inmediato. Así fue como, después de años de relación esporádica, Éric y su hijo se encontraron viviendo juntos.

9

Al principio, fue raro para los dos. Como una sobredosis de intimidad después de años de abstinencia. Éric disfrutaba plenamente de aquel nuevo periodo de su vida. Disponía de ahorros suficientes para no preocuparse por el momento. Por primera vez se tomaba tiempo para él, no tenía la más mínima obligación profesional. Remolonear en la cama con un libro le parecía un privilegio milagroso. Había un paraíso en aquella prisión social. Hugo, que asistía a sus clases a través de la aplicación Zoom, envidiaba la ociosidad de su padre. Para equilibrar las cosas, Éric empezó a implicarse en los deberes de su hijo. El nivel de matemáticas de sexto le pareció bastante complejo. Lo ayudó más en Lengua francesa, Inglés y, sobre todo, Geografía. Todos aquellos momentos desprendían novedad. Hugo no tenía ningún recuerdo de su padre comprometiéndose con él de ese modo. Mientras todos sus amigos despotricaban contra el infierno que vivían, él debía de ser el único que apreciaba aquella etapa inédita de su vida. La situación de Isabelle, sumida en la psicosis general que desataba una enfermedad de la que nadie sabía nada, era bastante más compleja. Llamaba a su hijo a diario y disimulaba su sorpresa al comprobar hasta qué punto iba todo bien. Saber que por fin podía contar con Éric era un alivio. Su exmarido asumía de nuevo su papel. A decir verdad, sus sentimientos no dejaban de resultar paradójicos. Aunque le había reprochado a menudo su actitud esquiva, le complacía la relación casi exclusiva que mantenía ella con Hugo. Temía la idea de una custodia compartida, de tener que ceder territorio. Escuchando a su hijo debía reconocer que era feliz, y eso era lo principal. «Mamá, papá y yo te aplaudimos todos los días a las ocho», decía como si aquella manifestación colectiva estuviera dedicada solamente a ella.

Éric llamaba a su madre con frecuencia para saber cómo estaba. En semejante contexto, habría sido inhumano empecinarse en el tono desastroso de la Navidad. Aunque la angustia del porvenir provocaba muchos acercamientos, ellos dos seguían guardando las distancias. Sus conversaciones se asemejaban a una llamada al servicio posventa cuando compras un electrodoméstico defectuoso. Dominique contestaba que iba todo bien, gracias. Una noche, Éric soñó que su madre moría. Una larga pesadilla en la que la veía incapaz de respirar, agonizando en un pasillo de hospital; él corría para reunirse con ella, en vano. Se había marchado sin que él tuviera tiempo de pronunciar una palabra de consuelo. Se despertó con aquella escena atroz aún grabada en las retinas, como si las imágenes de la noche se resistieran a abandonarlo. Quiso llamarla para decirle que la quería, pero no le salían las palabras, siempre la misma frialdad abominable e inamovible. Aun así, le expresaba la inquietud que le producía saber que estaba sola en aquel periodo agobiante, hasta que una vez ella acabó por declarar: «De todas maneras, vamos a morir todos».

Éric alternaba de este modo el deslumbramiento de una relación entre padre e hijo que se reconstruía y la desolación de un trato aún hostil con su madre. Pese a todo, vivía el momento presente sin hacerse preguntas. ¿Qué haría cuando terminara el confinamiento? No tenía ni idea. Un único elemento le parecía concreto: no lograba desprenderse de la experiencia fascinante que había vivido. Cada día sentía aún las vibraciones de su encontronazo con la muerte. Se notaba distinto. Hugo se había percatado del cambio. No solo su padre hacía gala de extrema paciencia con él, sino que se interesaba por todo lo que le gustaba. Éric descubría los gustos musicales de su hijo, leía con atención los textos de tal o cual rapero. A Hugo le parecía extraña la transformación. Louise, su mejor amiga, con la que intercambiaba muchos mensajes, acabó estableciendo un diagnóstico: «Yo creo que tu padre se droga». Hugo investigó en internet y descubrió que existían sustancias que favorecían la bondad o la empatía. Luego encontró un enlace que hablaba de antidepresivos. Lo que leyó casaba perfectamente con los hechos, aquella manera de liberarse de las preocupaciones cotidianas, de levitar con serenidad por encima del alboroto. A fin de cuentas, su padre ya no trabajaba, las perspectivas de futuro eran más angustiosas que nunca, pero nada parecía afectarle. «No andamos lejos de la lobotomía», le escribió a Louise.

Éric no tenía la menor idea de la impresión que causaba a su alrededor. Por supuesto, había tomado una decisión importante al reclamar la custodia compartida, y sabía que se encontraba mucho mejor, pero no había ponderado del todo lo que la gente que lo rodeaba podía pensar de él. A decir verdad, había tenido la sensación de recomponerse tal y como había sido antes de la muerte de su padre; exactamente como si se pudieran pegar los añicos de la felicidad. Su culpabilidad no había desaparecido, pero ahora reconocía que el perdón solo vendría de sí mismo. Ante su propia muerte, contempló sus actos de forma más justa. Desde que regresara de Seúl, Éric no había compartido su experiencia con nadie. Hugo, tras plantearse cantidad de hipótesis, decidió por fin interrogarlo. ¿Qué había pasado para que estuviera tan cambiado? Éric supo que no podría contestar sin empezar por hablar de su propio padre. Todo estaba relacionado. Cuántas veces había imaginado ese momento, el momento en que compartiría con su hijo lo que él había vivido. Aquellos sucesos siempre habían sido tabú. Por primera vez habló del terrible sentimiento de sentirse responsable de la tragedia. Evitó recargar el papel de su madre y su actitud extrema. Podía explicar las cosas a su hijo sin desvelar hasta el último rincón de su amargura. Enseguida continuó con su descubrimiento de Happy Life. Hugo no daba crédito. Mientras su padre intentaba transmitirle el alcance espiritual del ritual, comentó: «Conozco a un montón de góticos en el insti a los que les fliparía hacer eso...». Para satisfacer la curiosidad de Hugo, Éric contó con todo lujo de detalles el desarrollo de la ceremonia, mencionó la redacción de la semblanza* y la del epitafio. Habló del silencio dentro del ataúd y de esa sensación de mirar a la nada a los ojos. Y de cómo había salido de allí armado con el deseo de vivir. Al final de la conversación, Hugo preguntó: «¿Existe un equivalente en Francia?».

10

Para Éric, aquella pregunta inocente fue un detonante. Importar el concepto, eso era exactamente lo que debía hacer. Hugo le había preguntado también: «¿Crees que a la gente le apetecería algo así con la que está cayendo? Tienen más ganas de irse de fiesta que de meterse en un ataúd. Es como si les propusieras un nuevo confinamiento...». Por el con-

---

* Más adelante, Hugo descubriría con emoción la primera frase: «Éric Kherson nunca olvidó la alegría de convertirse en padre».

trario, a Éric le parecía un periodo especialmente propicio. La pérdida de la libertad, la sensación de lo efímero, la angustia existencial; la experiencia de esas fragilidades empujaba al ser humano a redefinirse. Más que nunca, había que dar un sentido a la propia vida. En Estados Unidos estaban asistiendo a «la gran dimisión». Millones de trabajadores abandonaban sus empleos. El hashtag #quitmyjob se había hecho viral. Happy Life contribuía a impulsar ese deseo de buscar algo más, esa necesidad visceral de vivir la vida en lugar de sufrirla. La historia personal de Éric seguía chocando frontalmente con las de los demás.

Tomó nota de sus primeras ideas. De entrada, descartó la posibilidad de organizar ceremonias colectivas. El plan individual le parecía más propicio a la introspección. En cuestión de superficie, el local podía ser el equivalente de un salón de masajes. Por lo demás, sería preferible no generar demasiados gastos en un periodo tan incierto. Ante todo, debía dar con un nombre. En Seúl lo habían encandilado los neones de Happy Life. Intentó imaginar cuál sería su actitud si pasaba por delante de un negocio en París llamado La Vida Feliz. Por fuerza lo intrigaría. A uno siempre le apetece saber qué se esconde detrás de la felicidad. Buscando por internet encontró la obra homónima de Séneca. Le vino a la cabeza el vago recuerdo de una clase de filosofía. Repasó varios fragmentos que trataban de la idea de desposesión material. Anotó esta frase: «El hombre feliz es aquel que ama lo que tiene». Esta exaltación de la satisfacción simple hizo eco en su interior. Y la pandemia, en cierto sentido, podía considerarse un antídoto contra el exceso de consumismo. Aunque su terapia tenía el objetivo de favorecer la conquista de una vida feliz, aquel no era el nombre que deseaba darle a su proyecto. Sonaba demasiado a superación personal y le faltaba extrañeza.

Prosiguió con sus búsquedas y se topó con cantidad de mitos mortuorios. Le sorprendió descubrir que en México la fiesta de los muertos cobraba el cariz casi de un carnaval, con esqueletos coloridos y regalos que se hacían a los difuntos. Había una especie de obsesión por borrar la frontera entre lo real y el más allá. Éric se planteó denominar su espacio Osiris, como el dios egipcio cuyos pedazos juntó su hermana Isis. Al resucitar se convirtió en soberano del reino de los muertos. Barajó también todas las historias sobre resurrecciones, entre ellas, como es obvio, la de Lázaro. Marta y María, destrozadas por su fallecimiento, acudieron a Jesús, que les dijo: «Yo soy la resurrección y la vida; el que cree en mí, aunque esté muerto, vivirá». Y así fue como Lázaro abandonó las tinieblas cuatro días después de su muerte. A pesar de la potencia simbólica de semejante parábola, Éric tampoco se decidía por el nombre de Lázaro, demasiado bíblico para su gusto. Pensó, cómo no, en Orfeo, el músico que bajó a los infiernos para rescatar a su amada. Pero aquel mito tenía el defecto de simbolizar una tragedia y un fracaso. Durante un tiempo creyó que Fénix sería la denominación ideal. Nada podía encarnar mejor su proyecto que el ave mítica que renace de sus cenizas. La simbología era perfecta, y el nombre, fácil de recordar. Pero era una palabra que se oía en exceso, casi manida. Por lo demás, descubrió que muchas empresas se llamaban ya así, empezando por una compañía que vendía piscinas.

A Éric le apetecía un nombre que remitiera a Asia. Por fin dio con la flor *Lycoris radiata*, originaria de Corea, un lirio rojo que al abrirse adopta la forma de una araña. Según una leyenda japonesa, esta especie apodada «la flor del más allá» crece a lo largo del camino que conduce a la reencarnación. Lo tenía todo: el símbolo y la belleza de la sonoridad; era justo el nombre que andaba buscando.

11

El verano siguiente, Éric se marchó un mes con Hugo a la montaña, al mismo lugar al que iba de niño con sus propios padres. En agosto se quedó solo; aprovechó para llamar a varios amigos a los que no veía desde hacía tiempo, así como a excolegas de Decathlon. Acabó reuniéndose con uno de ellos en el sur de Francia. Retomaba su vida social, reaparecía tras años de ausencia. La gente sospechaba que había vivido momentos complicados, no le hacían preguntas. Solo se interesaban por su experiencia en el ministerio, tema sobre el que le costaba mucho hablar. Aquella etapa se le antojaba casi borrosa, como si ya no estuviera del todo seguro de haberla vivido. Despachaba el asunto rápidamente. Por supuesto, se acordaba de Amélie. Durante el confinamiento se planteó mandarle un mensaje para saber cómo estaba, pero le daba mucho apuro.

En septiembre, Éric se mudó justo al lado del instituto de Hugo. Empezó a visitar locales, pero se anunciaba ya la posibilidad de un nuevo confinamiento. Parecía preferible esperar antes de lanzar Lycoris. Tenía asimismo el plan de regresar a Seúl, cosa que hizo la primavera siguiente, en cuanto se relajaron las medidas sanitarias. Al entrar por segunda vez en Happy Life, se reencontró con el hombre que lo había acompañado durante su ceremonia. No pudo reprimir una especie de abrazo espontáneo. En un país tan pudoroso, aquella súbita efusión resultaba cuando menos sorprendente. Éric pidió repetir la experiencia, lo que era muy poco habitual. Raramente muere uno dos veces. Escribió un texto y a continuación un epitafio, en esencia los mismos que la vez anterior, y se introdujo en el ataúd. Experimentó de nuevo esa forma de plenitud inusual e incomparable con cualquier otra sensación. Al salir, anotó sus impresiones en un cuaderno. Había descubierto que existían espacios similares a Happy Life en todo Seúl. Durante la estancia solicitó cita en todos ellos, igual que un redactor al que le hubiesen encargado escribir una guía sobre turismo mortuorio. Antes de poder transmitirlo, necesitaba enriquecer su bagaje. Si bien la ejecución siempre era más o menos idéntica, había localizado aquí y allá ínfimas variaciones en las prácticas. Morir se convirtió por tanto en la principal ocupación de su segundo viaje a Corea.

Éric regresó más animado que nunca ante la certeza de lo pertinente de su propuesta. No pensaba en otra cosa. Él mismo era la prueba viviente de que se trataba de una terapia revolucionaria. A su alrededor veía las dificultades a las que se enfrentaban sus contemporáneos. Isabelle, por ejemplo, estaba agotada por culpa de meses y meses de exceso de trabajo en el hospital. Había tenido que afrontar unos dramas humanos insoportables, sobre todo cuando los familiares no habían podido acompañar a los agonizantes. Durante aquel periodo de crisis sanitaria había hablado más con Éric, principalmente de su hijo, por supuesto, pero a partir de ciertos detalles sus conversaciones habían tomado un rumbo más personal. Incluso tenían previsto comer juntos algún día. Su relación al fin iba por cauces serenos. Cuando llegó el día, Éric se sintió especialmente conmovido. En los primeros tiempos de la ruptura había albergado la esperanza de reconciliarse con ella. Quizá para ahuyentar la extrañeza del momento, Isabelle fue directa al grano:

—Veo a Hugo muy contento desde que pasa más tiempo contigo. Le sienta bien, pero...

—Pero ¿qué?

—Estoy algo preocupada. Me cuenta que no le hablas más que de ataúdes y de cosas por el estilo...

—...

—¿Te parece que es sano para un niño?

—Es una terapia.

—Un pelín morbosa, no me lo negarás. Sobre todo porque yo me paso todo el día en la planta de reanimación. Me da miedo que le cueste gestionar todo esto.

—Comparto con él lo que estoy haciendo. Y créeme... No tiene nada de macabro. Te puedo pasar varios artículos sobre lo que hacen los coreanos, para que te quedes más tranquila.
—Ya me he informado yo.
—¿Qué es lo que intentas decirme exactamente? No me vengas con que pretendes usar eso como argumento para cambiar la modalidad de custodia...
—...
—¿Isabelle?
—No. Pero ponte en mi lugar...
—Me acabas de decir que ves contento a Hugo. Eso es lo importante, ¿no?
—Sí.
—¿Para esto querías que quedáramos?
—Un poco, sí. Pero también me alegro de que podamos hablar. Durante mucho tiempo fue misión imposible contigo.
—...
—Te noto tan... cambiado.
—Precisamente tiene que ver con la terapia. Como te habrás dado cuenta, voy a implantarla en Francia. A lo mejor podrías probar.
—No sé.
—Solo puede tener efectos positivos. Sobre todo...
—¿Qué?
—Sé que has pasado por momentos difíciles en el hospital.
—Gracias. Es verdad que me siento como vaciada.
—Por suerte tienes el apoyo de Marc...

A Isabelle la pilló desprevenida aquella alusión. Era la primera vez que Éric pronunciaba el nombre de su «sucesor». Durante años había sido completamente tabú en sus labios. De nuevo, una señal del sosiego que se instalaba entre ellos. Aun así, Isabelle no estaba dispuesta a hacerle confidencias a Éric y revelarle la verdad: estaba pasando por una mala racha con su pareja. Algo se tambaleaba entre ellos. Eludió el tema diciendo que sí, que Marc siempre estaba ahí para ella; pero pronunció aquellas palabras sin apenas convicción, de una manera más mecánica que sentida. Sin saber muy bien por qué, volvieron a abordar el episodio de la maratón, auténtico hito de su mitología personal. Con el tiempo, por fin lograban rememorar solo los mejores momentos de su historia. Éric estaba mejor, lo que le permitía también restablecer los vínculos con su pasado, revisitar con serenidad lo que había perdido. Al despedirse, se dieron un breve abrazo.

12

A principios de 2021 Éric dio por fin con el local perfecto, dotado de un largo pasillo (elemento imprescindible) que daba a una sala grande que a su vez comunicaba con un patio interior. Insonorizaría al máximo el lugar, por supuesto, para conferirle las características de un sepulcro. Estaba, por lo demás, bastante orgulloso de una cuestión: el espacio se encontraba en la rue Saint-Lazare. Cada detalle contaba. Se lanzaba a la aventura con calma y tranquilidad, afinando todos los aspectos de su proyecto. Para la obra, le preguntó al portero de su edificio si conocía a alguien. Como era una reforma que podía hacerse bastante rápido, este le propuso hacerla él mismo. Escuchó con atención lo que quería Éric, a saber, que instalara una moqueta rojo oscuro en el pasillo para transmitir la impresión de un cálido capullo. Y en la sala oval, en la que se celebraría el rito, había que colocar varios candelabros en las paredes para sumir al paciente en una leve penumbra. En el centro, el ataúd estaría colocado encima de un altar elevado. El portero se preguntó qué iría a ocurrir entre aquellas cuatro paredes, si no estaría echando una mano al gurú de una secta aficionada a los sacrificios. Y eso que Éric le había explicado a las claras los beneficios de la terapia. De poco sirvió; a partir de entonces, el hombre siempre lo miraría atravesado. Cuando se cruzaran en el vestíbulo del edificio, se metería corriendo en la portería para huir del psicópata. Solo entonces entendió Éric que no todo el mundo comprendería su manera de actuar. Poco importaba, el lugar era exactamente como él había imaginado, y eso era lo esencial. Los transeúntes se detendrían al ver el letrero luminoso que rezaba LYCORIS. Se preguntarían qué se ocultaba tras aquel nombre.

13

La primera persona que accedió al recinto fue Hugo. Encontrarse ante un ataúd era la mar de inquietante. Por extraño que pueda parecer, lo primero que pensó fue qué iba a poner en el instituto en el apartado «profesión del padre». ¿«Organizador de funerales falsos»? Tras planteárselo a Éric, convinieron optar más bien por «terapeuta». Pronto Hugo se daría cuenta de que aquella aventura iba a suscitar verdadero interés; algunos de sus amigos querrían probar el ataúd y él incluso ganaría en popularidad.

A la mañana siguiente montaron en el coche y pusieron rumbo a Rennes para hacerle una visita sorpresa a Dominique. Hugo estaba encantado de ver a su abuela y, sin embargo, también temía el momento. «¿No te molesta que le hable?», le preguntaba a ratos a su padre. «No, tienes tu relación con ella y está bien que así sea. Lo que ocurre entre nosotros no tiene nada que ver contigo». La realidad era otra bien distinta. Agravaba la herida de Éric comprobar que su madre se deshacía en muestras de afecto con su nieto mientras que a él seguía condenándolo. Tenía un carácter radical y muy a menudo se mostraba incapaz de dar marcha atrás en sus decisiones afectivas. Aquella visita improvisada no arreglaría la situación. Dominique odiaba todo lo que no estuviera minuciosamente organizado. Necesitaba conocer de antemano el guion de sus horas. Para ella, lo imprevisto se había convertido en sinónimo de accidente y muerte. En el instante mismo en que llegaron al pie de su edificio, ella volvía con la bolsa de la compra. Raras veces una expresión humana viene dictada por dos emociones tan contradictorias. Una parte del rostro de Dominique se congratulaba a la vez que la otra se cerraba. Dio un beso a Hugo y preguntó:

—Pero ¿qué hacéis vosotros aquí?

—Queríamos darte una sorpresa —tanteó Éric.

—Sabes muy bien que odio las sorpresas. No tengo nada preparado.

—No pasa nada, iremos a un restaurante...

A última hora se dirigieron a la crepería que había al final de la calle. La conversación giraba fundamentalmente en torno a Hugo; qué socorridos son a veces los niños para evitar que dos adultos hablen. Dominique parecía disfrutar de la visita, casi a su pesar. Más tarde, cuando Hugo ya estaba acostado, Éric se reunió con su madre en el salón. Por fin se sentía capaz de plantarle cara:

—Me gustaría que dejaras de guardarme rencor.

—¿De qué estás hablando?

—Llevo años padeciendo tu actitud. Te lo pido de corazón. Ya es hora de que esto se acabe.

—...

—Tú antes no eras así. A lo mejor a ti se te ha olvidado, pero a mí no.

—...

—Todavía estás viva. No moriste con papá.

—Voy a acostarme. Buenas noches.

—No me quieres escuchar, de acuerdo, pero me gustaría que te vinieras con nosotros unos días a París. Para eso he venido.

—...

—Puedes darme una respuesta mañana por la mañana.

Dominique se metió en su dormitorio sin mediar palabra. A la mañana siguiente, nada más levantarse, Éric vio una maleta pequeña junto a la puerta. Aquello era un sí.

14

Durante el trayecto hacia París, Dominique tuvo la prudencia de dejarse llevar por el momento. Hugo simplemente debía evitar aludir a la nueva ocupación de su padre. Ella jamás lo habría entendido. La espiritualidad nunca había sido santo de su devoción. Su única y discreta incursión en lo paranormal había venido dictada por el dolor. Había oído hablar de una mujer capaz de conversar con los muertos. «Su marido está en paz y vela por usted», le dijo. Se aferraba todo lo que podía a las señales, capaz de percibir en la manifestación del viento la prueba de una caricia. Durante años, Dominique intentó evitar cada rincón de la ciudad que le traía un recuerdo, pero era imposible: Pavel estaba en todas partes. Su vida de antes inundaba el presente. Éric no lo sabía, pero su madre se había tragado una caja de pastillas en una noche de desesperación; ella misma llamó a los servicios de emergencia en un último sobresalto de lucidez. Se sintió patética por tenerle de pronto miedo a la muerte, ella que sobrevivía en aquella antesala de la vida, allá donde las sombras se convierten en presencias.

Antes de marcharse a París, Éric rebuscó discretamente en los álbumes de familia para rescatar una foto de su madre. No había ninguna reciente; desde hacía años no dejaba ni la más ínfima huella de su existencia. Encontró una que databa de antes del accidente; una sencilla foto de carné para un pasaporte que nunca había utilizado. La fotografió con su teléfono, hizo una ampliación y la imprimió. Por supuesto, Éric no le pediría jamás a su madre que redactara su semblanza, porque tenía previsto ponerla ante el hecho consumado. Esperaba someterla a una especie de choque catártico que la devolviera a la vida. Era consciente de lo arriesgado de su iniciativa. Su madre podría no ver en aquella puesta en escena más que una exaltación morbosa. El lunes por la mañana, en el momento en que Hugo se fue al colegio, Éric le anunció a su madre que quería llevarla a un sitio. Así fue como Dominique entró en las dependencias de Lycoris.

—¿Qué hacemos aquí? Qué sitio más tétrico.
—Ahora lo verás...

Siguió a su hijo por el pasillo y se encontró ante un féretro en el que vio su propia foto acompañada de la siguiente inscripción:

DOMINIQUE KHERSON
1948-2021

Se quedó atónita unos segundos antes de dejarse arrastrar por la furia:
—Pero ¿esto qué es? ¿Mi tumba?
—Yo...
—Estás completamente loco.
—Te lo puedo explicar.
—No hay nada que decir. ¿Para eso fuiste a buscarme? ¿Para enterrarme?
—...

Solo entonces se dio cuenta Éric de lo violento que podía llegar a resultar su método. Cualquiera que se diera de bruces con su propio ataúd de buenas a primeras reaccionaría de la misma manera. Dominique se marchó sin decir ni una palabra más. Su hijo fue tras ella y la retuvo agarrándola del brazo. «No te vayas, mamá, te lo suplico... Te lo puedo explicar...». Era la primera vez en mucho tiempo que la llamaba mamá. La intensidad de sus ruegos logró que aceptara escucharlo. Éric se lanzó entonces a un monólogo febril en el que aludió a los muchos años de malestar hasta que descubrió aquella terapia en Corea del Sur. Expresaba por fin lo que siempre había reprimido, en un flujo de palabras poco ensayado pero sincero y preciso. Dominique entendió que su hijo estaba haciendo un esfuerzo para salvar su relación. Era una tentativa alocada y barroca al mismo tiempo, pero sin duda afectuosa. Ella escuchó atentamente su confesión. Había salido de aquella experiencia transfigurado, sosegado, siendo incluso otro hombre. Ella visualizó el sufrimiento que expresaba Éric. Ella también vivía ajena a sus propios días. ¿Qué tenía que perder? Ya no le quedaba nada. Ahuyentó el sentir inicial, miró a su hijo con una confianza que llevaba mucho tiempo sin demostrarle, volvió a la sala y se acercó a su ataúd. Escudriñó largo rato su retrato enmarcado. La enterneció aquella mujer cuya expresión rezumaba la quimera de que nada puede detener el júbilo.

Permaneció tumbada un tiempo que a Éric le pareció interminable. Cuando por fin ella pidió salir del féretro, entendió que su madre había vivido una experiencia similar a la suya. Resultó perceptible enseguida. Al cabo de varios minutos de silencio, volvió en sí y anunció que quería regresar a su casa. Éric lo entendía perfectamente, él que había salido del ritual sin saber ya nada del presente. Fueron en coche hasta Montparnasse y se despidieron en el andén de la estación. Más adelante, Dominique encontraría las palabras para describir lo que sentía y cómo se planteaba el futuro desde entonces.

15

Había llegado el momento de inaugurar Lycoris. Hugo creó un perfil en Instagram que explicaba el concepto terapéutico. Hubo varios comentarios de curiosos, pero con eso no bastaba para reunir pacientes. Éric se había planteado pedir consejo a un responsable de prensa que conocía de Decathlon, pero renunció por miedo a mezclar dos vidas contradictorias. Emprendió entonces diversas diligencias, entre ellas una con el Centro Cultural Coreano de París, que accedió a informar en su boletín de la creación de aquella réplica parisina de Happy Life. Así fue como reservó una sesión el primer cliente. Se trataba de un hombre a punto de cumplir los cincuenta al que su mujer había abandonado casi cuatro años antes. Su desesperación era total. Solo la presencia de sus dos hijos le había impedido hundirse por completo. Fue de hecho su hija[*] quien se enteró de aquel método nuevo, tras haberlo animado a probar, entre otras cosas, con la hipnosis, el yoga y los antidepresivos. Era inútil, seguía sintién-

---

[*] Era una de las organizadoras del Festival de Cine Coreano de La Rochelle.

dose amputado de su razón de vivir. Éric, cómo no, pensó en su madre. El hombre escribió su semblanza y escogió para su epitafio: «Te echo de menos». Efectivamente, no se lo veía muy por la labor de pasar esa página afectiva. La confrontación con la muerte le permitió por primera vez relativizar un poco lo que estaba sintiendo. Sin duda, el camino aún sería largo. A la salida lo esperaba su hija y pareció alterado por su presencia, por el amor que ella le demostraba. Éric nunca sabría si el hombre se pondría mejor, pero esa mañana cosechó un poco de gusto por la supervivencia.

Unos días más tarde, la segunda clienta fue una mujer que había perdido todo amor propio tras sufrir una larga racha de acoso en el trabajo. Le costaba superar la depresión. Le dijo a Éric: «Soy dos personas, una que sufre y la otra». Descubrió que los pacientes se confiaban a él cuando tocaba escribir la semblanza. Dado que él mismo había conocido periodos de travesía fantasmal por la vida, tenía talento para escuchar tragedias íntimas. La mujer no salió de la experiencia tan transfigurada como él hubiera deseado, pero afirmó sentirse lista para valorarse más. Llegaron más pacientes. Por lo general, el ritual les aportaba lo que esperaban. Bastaba con leer los comentarios que dejaban en la página de Lycoris, en los que no vacilaban en recomendar a otros que siguieran su ejemplo. Muchos reconocían que se planteaban el futuro con más sosiego. Algunos anunciaban su intención de cambiar de vida, de empleo, de sexualidad; otros por fin encontraban tiempo para escribir o pintar. Era evidente que había un antes y un después, lo que a fin de cuentas era el objetivo de Éric. Igual que en los foros coreanos, la palabra que más se repetía era «renacimiento». Aquellas opiniones positivas, sumadas al boca a boca, repercutieron en un aumento claro de las reservas. Ya no se conseguía cita con menos de dos o tres semanas de antelación. Era evidente que Lycoris llenaba un vacío en Francia. Éric tenía la sensación de haber dado sentido a su vida. Hasta el momento había sido un empleado modélico, un engranaje eficaz dentro de una empresa, pero ¿con qué fin? Él no había ganado nada con ello, y los años podrían haber seguido su curso en el reino frenético de lo vacuo.

Sin embargo, si bien Éric ayudaba a sus contemporáneos, no había tenido en cuenta que aquello tenía un precio. Lo atormentaban las historias de sus pacientes, cargaba con los rastros de sus tragedias. Era una paradoja, pero si hacía falta tener empatía para dirigir una ceremonia, era preciso también mantener cierta distancia para no dejarse arrastrar. Se acordó de Yoon, su guía en Seúl, de su presencia a un tiempo implicada y distante. ¿Cómo encontrar ese equilibrio? Darse sin perderse. Éric pensó en todas esas personas cuyo día a día profesional consiste en estar en contacto con el sufrimiento ajeno. Hace falta mucha fuerza para dejar atrás algo que te encoge el corazón. Paulatinamente, con el paso de las semanas y los meses, Éric lograría hallar la distancia adecuada para dejar de vivir constantemente bajo la dictadura de la empatía.

16

Como ya no podía gestionar solo todas las ceremonias, se puso a buscar a alguien que lo asistiera. ¿Qué hacer? ¿Publicar un anuncio del tipo: «Se busca hombre/mujer para dirigir ceremonias funerarias ficticias»? Imaginaba ya la extravagancia de las futuras entrevistas. Se preguntó cuál sería el mejor perfil. Necesitaba a una persona acostumbrada a codearse con la muerte, un exempleado de pompas fúnebres, por ejemplo. Así pues, Éric cogió el metro hasta el Père-Lachaise y entró en uno de los comercios que circundaban el cementerio. Una mujer le dedicó al instante una mirada de compasión, por automatismo profesional. Al escuchar a Éric, le cambió la cara: «Busca usted un empleado jubilado para proponerle trabajo...». Era un tic suyo: antes de responder, repetía por sistema lo que había dicho su interlocutor. Explicó que su padre acababa de retirarse.

—Es usted un enviado de Dios. He asumido yo las riendas del negocio familiar, pero mi padre no consigue dejarlo. Me llama tres veces al día para preguntarme cuántas reservas tenemos. Cualquiera que lo escuchara pensaría que trabajo en un restaurante.

—...

—Ha estado pachucho, y entre mi madre y yo lo hemos obligado a que coja la jubilación, pero se aburre... ¿Qué propone usted exactamente?

Éric explicó el proyecto a su interlocutora, que no supo disimular su estupefacción. Masculló que corrían tiempos cada vez más locos antes de añadir: «La muerte es un lance terrible para los allegados. Y sé de lo que hablo, nací entre entierros, así que no le veo el interés a divertirse con algo así. Si se trata de una broma, no tiene gracia...». Éric la sacó de su error, especificando que se trataba de una terapia, pero a ella siguió pareciéndole una idea totalmente retorcida. Aun así, accedió a darle el número de teléfono de su padre; al menos estaría entretenido.

Dos días más tarde, Éric conocía a Rafael Gomez, un hombre cálido y sonriente con una perillita que le daba cierto aire quijotesco. Se notaba que había desarrollado una intensa empatía, acostumbrado como estaba a rodearse de familias en duelo. Escuchó la propuesta con interés. A diferencia de su hija, comprendió inmediatamente el poder del ritual. Él más que nadie había sido testigo de los cambios de comportamiento asociados a la muerte. Tras apenas unos minutos de conversación aceptó participar en Lycoris. Sería mucho más que un ayudante; aportaría al proyecto una gran experiencia. Sus primeros intercambios fueron de lo más instructivos para Éric. Rafael le contó muchas anécdotas de duelos. Había organizado más de mil entierros:[*] «Lo que más me sorprendía era que viniera gente a elegir su propio ataúd, igual que irían al Darty a comprar un televisor. Incluso he visto parejas discutir por el presupuesto. Desde luego, si hacían eso era por consideración hacia su familia, para facilitarles la tarea llegado el momento...». Éric pensó que, efectivamente, había un elemento de delicadeza en preparar así la propia despedida. Rafael siguió

---

[*] Pocos hombres habían visto tantas lágrimas en la vida como él.

contándole historias, a veces descabelladas. Un hombre había elegido para su epitafio: «Por fin he encontrado aparcamiento». Es decir, que algunos procuraban dejar una huella divertida, considerando la tumba como último espacio de expresión ligera. Habló de ceremonias que se transformaban en conciertos o en espectáculos cómicos. Nunca olvidaría el gentío festivo que se reunió cuando un actor fue trasladado a su última morada. Ese mismo día había sido testigo del dolor insoportable de unos padres que habían perdido a un hijo. Rafael había tenido que enfrentarse a todas las formas humanas de plantar cara a la muerte.

17

Pasados unos meses, y ante la afluencia de reservas, Rafael hablaba ya de abrir un segundo salón. Él podría ocuparse de la nueva sede, y su sobrino lo sustituiría en la casa matriz. Éric se sentía un poco superado por los acontecimientos. La intuición no le había fallado (los franceses necesitaban esa terapia); sin embargo, no había visto venir semejante entusiasmo. Más aún, empezaba a recibir ofertas para que abriera sedes en provincias. Tendría que contratar más personal. Más allá de los contactos de Rafael en el sector de los enterradores, Éric decidió reunirse con psicólogos. Muchos se interesaban por aquel método atípico para tratar la depresión. Se le ocurrió instaurar, a diferencia de lo que sucedía en Corea del Sur, un tiempo de conversación tras la ceremonia para los que lo desearan. Algunos pacientes transfigurados por la experiencia se convirtieron en auténticos embajadores, lo que reforzó aún más la notoriedad del ritual. Inevitablemente, la prensa comenzó a interesarse por el fenómeno. El diario *Le Parisien* fue el primero en hablar de Lycoris con un titular de lo más vistoso: «Todo el mundo quiere morir».

*

Entrevista (fragmentos)

Le Parisien: ¿Cómo se le ocurrió la idea?
Éric Kherson: Durante un viaje a Seúl. Es una práctica muy habitual allí.
Le Parisien: ¿Cree que es un método eficaz?
É. K.: Está más que demostrado. Produce un impacto muy fuerte encontrarte ante tu propia tumba, leer tu nombre en ella, ver tu foto. Imagínese eso solamente. Enseguida se pone uno a pensar: «¿Qué he hecho con mi vida?». Muchos pacientes hablan de renacimiento. Para amar la vida de un modo pleno hay que entender su otra cara: la muerte.
Le Parisien: ¿Y usted lo ha probado?
É. K.: Por supuesto, y precisamente porque lo viví quise importarlo a Francia.
Le Parisien: ¿Le parece que puede usted evitar el sufrimiento?
É. K.: No, desde luego que no. Hay personas con grandes dificultades que son completamente inmunes al ritual; pero muchos pacientes acuden a nosotros tan solo para encontrar alguna forma de alivio. No se encuentran necesariamente en un esta-

do depresivo o dramático. La experiencia les permite relativizar muchas cosas.

Le Parisien: ¿Cree que los tiempos que corren fomentan el éxito de Lycoris?

É. K.: Puede ser. Ninguna otra época ha estado tan marcada por el deseo de cambiar de vida. En algún momento de nuestra existencia todos queremos ser otra persona. Hay un gran deseo de morir y renacer.

*

Éric no se sentía demasiado cómodo con la cobertura mediática. Después de esta entrevista tomó la decisión de no conceder ninguna más. El boca a boca bastaría para dar a conocer la terapia. Se hablaba ya de ella más allá de las fronteras. Hubo un artículo en *The Guardian* y otro en *El País* titulado «Muerte en París». Este guiño a la película de Luchino Visconti, adaptación de la novela de Thomas Mann, le dio ganas de volver a verla. Frente a las imágenes de la playa del Lido desierta, vio de nuevo su vagabundeo por Seúl; había una especie de eco entre esas dos orillas tristes. A Éric lo había marcado la frase inaugural de *Muerte en Venecia*: «Quien ha contemplado con sus ojos la belleza está ya consagrado a la muerte». El protagonista, frente a un joven al que encuentra sublime y divino, está algo así como condenado por su fascinación. Después de tamaño éxtasis ya no puede haber nada más. La muerte y la belleza no paran de darse réplica. El eslogan de Lycoris podría haber sido su contrario: «Quien ha contemplado con sus ojos la muerte está ya consagrado a la belleza».

18

Varias franquicias de Lycoris abrieron en las grandes ciudades de Francia. Igual que en Corea, las empresas comenzaron a ofrecer la terapia a sus empleados. Ciertos sectores particularmente complicados intentaban limitar así las depresiones o las bajas por enfermedad. Empezó a plantearse la posibilidad de un reembolso parcial por parte de la Seguridad Social, lo que ofendió al sector racional de la opinión pública. En cambio, algunas mutuas se lanzaron a la aventura. La nueva franquicia de Lyon ofrecía una opción de «ceremonia pública». El paciente podía invitar a amigos y familiares, inspirándose en la fantasía ancestral de asistir al propio funeral. Esto dio lugar a todo tipo de escenas inverosímiles, como la del hombre que reprochó a su mujer que no lo hubiera llorado lo suficiente. «Pero vamos a ver, ¡si no has muerto!», repuso ella con irritación. Si bien Éric dio el visto bueno para una prueba, solicitó que se cancelara esa opción, que se desviaba demasiado de la idea inicial. Lycoris no se había creado para tapar las grietas de los egos frágiles. Menos aún para organizar divertimentos macabros. A pesar del equipo cohesionado que tenía a su alrededor, a Éric le costaba controlarlo todo. Su éxito tuvo otra consecuencia inesperada. En internet se lanzó una petición para que se rebajara la edad mínima. Hasta entonces, la ceremonia estaba prohibida para los menores de dieciocho años; hacía falta cierta madurez para afrontar una experiencia semejante. Sin embargo, muchos padres que habían experimentado los beneficios del ritual querían compartirlo con sus hijos, cuyo malestar percibían. Cada vez más jóvenes sufrían depresiones a consecuencia de las oscuras perspectivas que planteaba el futuro del mundo, especialmente en lo relativo a las catástrofes climáticas. Las nuevas generaciones parecían socavadas también por el poder de las redes sociales. Más que nunca, la humanidad se construía a partir del veneno de la comparación. La vida se vivía observando las del resto, lo que no hacía sino acentuar el más mínimo sentimiento de fracaso personal. Era casi inevitable sentirse inferior o desdichado. Ni lo bastante guapo, ni lo bastante rico, ni lo bastante amado, ni lo bastante feliz. Todo esto transformaba la juventud en un territorio de fragilidades. Los adolescentes debían tener acceso a esa terapia que brindaba la posibilidad de relativizar los desafíos. ¿No era acaso la conciencia de la muerte la mejor baza para fraguar un futuro? El peso de la petición fue tal que se permitió que los menores participasen en el ritual, siempre con la autorización de sus padres.

Éric estaba aún lejos de imaginar todas las consecuencias del concepto que había importado. De momento, necesitaba darse un respiro. Los dos últimos años habían pasado volando. Los días se confundían unos con otros para formar una masa temporal única y escurridiza. En el verano de 2023 emprendió un largo viaje a través de Estados Unidos con su hijo. Sin premeditación (ironías de la fuerza del inconsciente), recorrieron el valle de la Muerte. Zabriskie Point era uno de los lugares más calurosos del planeta, con temperaturas que rozaban los cincuenta grados. Le mandaron un selfi a Dominique. Desde que aceptara la propuesta de su hijo, al inicio de la aventura, sus relaciones se habían normalizado progresivamente y sin sobresaltos, como él esperaba.* Incluso un día le escribió para felicitarlo por su éxito: «Tu padre habría estado orgulloso de ti». Éric se quedó tan postrado ante aquel sencillo mensaje de texto como habría podido estarlo ante un milagro o ante cualquier otra manifestación sobrenatural. Un poco más adelante, Dominique hizo un largo viaje a Polonia siguiendo las huellas de la familia de Pavel. Lo que podría haber parecido un periplo peligroso, con el riesgo inevitable de reavivar el dolor, fue en cambio una fuente de gran alivio. Este viaje tardío fue su antídoto contra la brutalidad del accidente. Encontró la vía del consuelo en un suburbio de Varsovia. Paralizada frente al edificio de los padres de Pavel, fallecidos también desde hacía tiempo, le pareció que todo podía volver a comenzar. Había encontrado su solución al sufrimiento: ir a los orígenes del ser querido.

19

Isabelle había recorrido el camino inverso al de Éric. Su relación idílica con Marc se había ido a pique tras la etapa de la covid. Durante muchos meses

---

* Un día, Dominique lo llamó para preguntarle cuál era la capital de Papúa Nueva Guinea. Él contestó «Puerto Moresby» y ella colgó sin más. Aquel intercambio ínfimo, un eco del pasado, ofrecía la esperanza de que todo pudiera volver a ser como antes.

apenas se vieron. Cuando ella regresaba a casa, agotada y atormentada por imágenes a veces insufribles, no siempre tenía espacio mental para dedicarle a su pareja. Él había acabado haciéndole algunos reproches que ella consideró inoportunos, por no decir indecentes. Veía en ellos una actitud pueril, la de un niño que no soportaba que el mundo no girara a su alrededor. Se hablaba de una gran oleada de dimisiones profesionales, pero la de las rupturas había sido igual de sustancial. Muchas separaciones surgían con la revelación de un deseo nuevo. A Isabelle empezó a parecerle superficial Marc. Discutían, lo que añadía cansancio al cansancio, y se despellejaban mutuamente a veces sin saber por qué. Luego se reconciliaban, con la ilusión de amarse de nuevo. Hasta que otro malentendido venía a malograr el equilibrio de su amor febril. La decisión de separarse fue casi un alivio después de aquel tiempo prolongado de agonía. Isabelle agradecía estar sola por las noches, sin someterse a la tiranía conyugal de la conversación. Se sabía responsable del fin de su historia con Marc. Por segunda vez pasaba por la experiencia del desamor. Tenía la sensación de que, pasara lo que pasara, no le quedaría más remedio que vivir con una especie de cuenta atrás del hastío dentro de sí.

Ahora que los dos eran solteros de nuevo, Éric e Isabelle recuperaban la complicidad de sus inicios. Hugo estaba claramente sorprendido por el giro que daban los acontecimientos, hasta el punto de que acabó preguntándole a su padre: «¿Crees que volveréis a estar juntos mamá y tú?». Éric nunca se había planteado semejante posibilidad. Pero si existía en la mente de su hijo era sin duda que surgía de ciertas actitudes que había detectado en ellos. A decir verdad, no sería la primera vez que una pareja se reconciliaba. Era, de hecho, una situación bastante clásica. Ya se conocen todos los defectos del otro; así el amor puede renacer armado con una madurez nueva. Éric eludió la pregunta de su hijo. Agradecía volver a pasar tiempo con Isabelle. Tenían mucho en común, y ella había desterrado sus dudas sobre Lycoris. Le maravillaba incluso lo que él había conseguido. A pesar de su cercanía, evitaban los temas de índole sentimental. Isabelle se preguntaba, sin embargo, si él mantendría alguna relación amorosa. Lo cierto es que, desde que terminara su vinculación con Decathlon, Éric había puesto esa parte de su vida entre paréntesis. El descubrimiento de Happy Life y la posterior creación de Lycoris habían acaparado todos sus pensamientos. Había encontrado una forma de exaltación que, en cierto modo, paralizaba su libido. Por supuesto, se le pasaría. De hecho, empezaba a sentir de nuevo el deseo de compartir lo que estaba viviendo; a veces se sentía solo. Una mujer, cuya ceremonia él había dirigido, salió del ataúd en un estado de excitación evidente. La proximidad de la muerte a menudo suscitaba una pulsión erótica. Ella le preguntó si tenía más citas que atender después. Cuando Éric respondió que sí, ella le propuso quedar un poco más tarde. Se sintió tentado, pero rehusó. No podía acostarse con una paciente. Sin embargo, este episodio, junto a sus dudas al respecto, permitieron que Éric reconectara con su deseo. Se apuntó a una aplicación de citas y tuvo varias aventurillas breves, algunas agradables, aunque demasiado desprovistas de afecto.

20

Las consecuencias del éxito de Lycoris no paraban de sorprender a Éric. Todo lo que brilla se conjuga hasta el absurdo. Por ejemplo, le avergonzaba que Smartbox vendiera una caja regalo con una sesión de entierro. Por lo común esos paquetes incluían masajes, viajes o comidas más o menos gourmet, pero la nueva caja, llamada «Ritual del ataúd», se vendía como rosquillas, lo mismo que su versión para dos, «Ritual del ataúd en pareja». Los que recibían el regalo llamaban a Lycoris para concertar cita. Éric no podía evitar que nadie ofreciera este tipo de productos; no era una colaboración. Pero lo peor estaba por llegar: un canal de YouTube lanzó un programa inspirado en formatos televisivos como *Ven a cenar conmigo* en M6 o *Cuatro bodas para una luna de miel* en TF1. Así fue como una productora de bajo presupuesto, sin duda buscando crear expectación, lanzó el concepto siguiente: *Un funeral casi perfecto*. Se trataba de una copia exacta de los contenidos de cocina o bodas, solo que en este caso se pedía a los concursantes que juzgaran el ritual organizado por cada uno de los candidatos. Valoraban la calidad del epitafio, la redacción de la nota biográfica, la elección de la foto y los discursos de los deudos. A pesar del humor negro del programa, numerosas protestas pusieron fin a esta apropiación indebida del concepto de Lycoris.

Al margen de los escollos, Éric se percataba de que había puesto la muerte en el centro de la actualidad. Era esa la gran virtud de su negocio. Incómodo ante la idea de ganar dinero a costa de la desdicha de sus pacientes, fue bajando el precio de las sesiones hasta llegar a ofrecer tratamiento gratuito en muchos casos. Aceptó abrir una décima sede, en Rennes. El día de la inauguración se organizó un cóctel. Dominique estuvo presente, al igual que Hugo e Isabelle. Éric también había invitado a antiguos colegas de su padre. Aprovechó la ocasión para rendirle homenaje. Le sentó muy bien poder hablar de Pavel de una forma tan fresca y liberada. Un concejal intervino para felicitar a aquel «hijo del terruño» por su éxito. A Éric, que tantas veces se había sentido perdido, le conmovieron aquellas palabras que tenían en cierto modo el poder de transformar su trayectoria, hecha de incesantes zigzags, en una evolución coherente. Paradójicamente, aquel momento de alegría sencilla marcó el fin de un ciclo. Sentía que había llegado adonde debía llegar y que había cerrado aquel capítulo.

Hugo, Isabelle y él regresaron en coche a París esa misma noche. De nuevo reunidos, como en una réplica del pasado. Cuando la dejó en la puerta de casa, su exmujer le propuso sin rodeos: «¿Quieres dormir aquí?», antes de añadir al punto: «Debes de estar agotado...». Éric intuyó que en aquel comentario anodino había algo más en juego. ¿Estaba derivando la complicidad entre ellos hacia un reencuentro? No podía negar que le encantaba su compañía, nunca había amado tanto a una mujer, pero el giro de los acontecimientos le parecía extraño. Tal vez Isabelle le hubiera hecho la propuesta por mera cortesía, sin motivos ocultos. Estaba claro que su relación iba recobrando aquí y allá momentos de ambigüedad e incertidumbre afectiva. Éric respondió que prefería irse a casa, cosa que Isabelle comprendió. Cuando se despidieron, le propuso quedar al día siguiente para cenar en un restaurante, ese italiano que tanto les gustaba. Hugo comentó que él no iría; planeaba dormir en casa de un amigo. Así pues, estarían los dos solos.

21

Una vez en la cama, Éric repasó aquella larga jornada salpicada de diversas impresiones. Su madre le había mandado un mensaje para felicitarlo por el discurso. Cuando habló de su padre no se atrevió a mirarla a los ojos por miedo a que lo embargara la emoción. Mientras se quedaba dormido, casi sintió miedo al darse cuenta de que todo estaba mejorando. Quería que las cosas siguieran así, soñaba con congelar los elementos de su vida reparada.

A la mañana siguiente, Éric llegó temprano al local original de Lycoris y se tomó un café con Rafael. Aunque ya no trabajaban en el mismo espacio, se veían todas las mañanas con el fin de mantener una especie de reunión informal. A pesar de las muchas consecuencias inesperadas de la aventura, el español no había perdido la sensatez en ningún momento. Su íntimo conocimiento de la muerte lo había vacunado contra los frenesíes ridículos de lo terrenal. Éric pensaba a menudo en su excursión al Père-Lachaise, en lo acertado de su intuición cuando empujó por casualidad la puerta de aquella funeraria. Rafael se había convertido en el número dos del grupo. Para estar jubilado, nunca había trabajado tanto. Pero pronto lo dejaría, sobre todo para complacer a su mujer. Ella le había dicho hacía poco: «Me gustaría que hiciéramos un largo viaje a Andalucía. Alquilando un coche, recorriendo toda la región. Hace cincuenta años que no estamos juntos, los dos solos...». Y a Rafael le había enternecido la dulzura de estas palabras. Él, que aborrecía la idea de estar inactivo, debía dedicarle tiempo a su pareja. Inconscientemente, siempre había sentido que al desarrollar su profesión aplazaba su propia muerte.

Justo antes de la primera paciente del día, Éric recibió un mensaje de Isabelle: «¿Sigue en pie lo de esta noche?». Él le confirmó la cita a las ocho. Le sorprendió que le escribiera para cerciorarse de que seguía libre. Si no fuera el caso, él la habría avisado. Isabelle solo tenía ganas de hablar con él; a veces necesitamos mandar unas palabras gratuitas o inútiles por el gusto de no romper un vínculo agradable. Entonces apagó el teléfono. Estaba a punto de llegar una mujer de unos sesenta años cuyo hijo había caído en las drogas. A pesar de varios tratamientos de desintoxicación, no había manera, el muchacho seguía destruyéndose. Acudía a Lycoris no solo para intentar serenarse sino también para entender de qué iba la cosa. Como de momento nada había funcionado, quería que su hijo probara esa posibilidad. A decir verdad, él nunca acudiría, pues huía sistemáticamente de cualquiera que le ofreciera ayuda. Éric siempre necesitaba algo de tiempo para recuperarse después de una sesión, como para purificarse de las vidas ajenas.

Antoine, el sobrino de Rafael, se encargó de las siguientes citas. Así iban dándose el relevo, sin seguir un esquema preestablecido, en función de cómo se sintieran, del cansancio o del estado de ánimo. Éric tenía previsto ocuparse de la última paciente del día. Esta llamó a la puerta a las 17.45, según lo acordado. La recibió Antoine, que la guio a través del largo pasillo al final del cual apareció ante Éric, una silueta que salía progresivamente de las sombras. Como en una ruptura de la realidad, era la mismísima Amélie Mortiers quien se le acercaba.

Tercera parte

1

Tras su intento de pedirle explicaciones a Éric, Amélie había vuelto a su habitación. La actitud de su colega le resultaba incomprensible, pero no podía andar preocupada por su estado de ánimo; tenía una misión que cumplir. Poseía una rara habilidad: la de dividir su mente en dos.* Sabía interponer un muro entre el presente y aquello que lo parasitaba. Poco a poco fue desembarazándose de la decepción para concentrarse en las citas que tenía por delante. Al menos ya no tendría que cruzarse con él por los pasillos del hotel. Éric volvería a París. Su relación terminaba con un punto final brutal y confuso.

Pasó todo el día al teléfono con los miembros de su equipo antes de hacer balance con el secretario de Estado: «Sí, todo ha salido a pedir de boca —le dijo justo antes de añadir, por espolvorear algo de verdad en el embuste—: bueno, no te ocultaré que los de Samsung me han dado a entender que los otros informes poseían grandes cualidades». Había que sacar el animal político. Dejar planear desde el principio la idea de que, si no se llevaban el gato

---

* Su lado géminis, quizá.

al agua, no sería por culpa de unas cualidades inferiores sino del esplendor de la competencia. Sin embargo, al colgar, a Amélie la asaltó algo parecido a una duda. Había notado a su interlocutor un poco raro, menos entusiasmado que de costumbre. ¿Estaría al tanto de lo sucedido? Quizá alguien le hubiera referido el sabotaje de Éric. ¿Qué miembro de su equipo podría haberla delatado? ¿Mathilde, Luc, Malek? Confiaba en ellos, eran un grupo cohesionado. Pero alguno podría haber utilizado la información para hacerse notar. En la Administración pública abundaban los intrigantes. Sí, en la voz del secretario de Estado había detectado un atisbo de distanciamiento. No había querido hundirla estando como estaba al otro lado del mundo, en medio de una visita, pero sabía que tendría que rendir cuentas en cuanto regresara. Odiaba a Éric con toda su alma. Podía dudar, flaquear, rebelarse, pero por su cuenta y riesgo. ¿Qué necesidad tenía de arrastrarla con él? Una vez más, se convenció de que no tenía tiempo para dejarse contaminar por su rabia. Había que terminar la misión, eso era lo principal. ¿Y si solo estaba cayendo en la paranoia? Su jefe no sabía nada; las voces siempre suenan un tanto extrañas por teléfono, y más aún a tanta distancia. Quizá estuviera interpretando como silencios lo que solo se debía a la lejanía geográfica. Había que ser positiva. Todo iba a salir bien. Su equipo era fiel y leal. No había ningún topo, e iba a lograrlo. Samsung se establecería en Mulhouse, su carrera dependía de ello.

2

Unos días después, estaba tumbada en su cama. Su marido se le arrimó, casi sin convencimiento. Sin pronunciar palabra, Amélie le hizo un gesto que quería decir no. «No te entiendo. Has estado fuera una semana y no quieres que hagamos el amor...». Estaba agotada, no tenía ninguna gana. Llevaba ya tiempo fingiendo, pero ahora, con todo lo que acababa de vivir, le resultaba imposible seguir haciendo el paripé. Sin embargo, Amélie encontraba más bien reconfortantes las iniciativas de su marido. Le inspiraban tanto alivio como agobio, en una de las muchas paradojas del deseo. A veces hasta le daba por pensar: «Ojalá se echara una amante...». A ella misma, que tan celosa había sido durante los primeros años juntos, le costaba asumir que soñaba con aquella posibilidad. El cuerpo solo le pedía una cosa: eliminar la vertiente sexual de su pareja. Hacer el amor se convertía en una tiranía cada vez más opresiva. Por lo demás, el verbo «hacer» le confería al acto casi una connotación de tarea doméstica, tan obligatoria como hacer limpieza y hacer los deberes con las niñas. Hasta un beso fugaz en los labios le exigía un gran esfuerzo. No obstante, no se trataba de una disminución de la libido. Nunca se había masturbado tanto. Cuantas más responsabilidades asumía, más necesidad tenía de relajarse a través del clímax. Durante su aventura extraconyugal, acabó reconociendo que necesitaba sentir algo para hacer el amor. A este respecto había evolucionado. Amélie soñaba ahora con tener relaciones con algún desconocido. Sus fantasías se basaban en guiones simples.

Un hombre la abordaría en un bar y, al cabo de una conversación banal, se meterían en un hotel. Algo intenso y un poco bestia al principio que derivase luego en dulzura. «¿No me contestas?», le preguntó de nuevo su marido. «Perdóname, es que estoy cansadísima... No te imaginas... Con el *jet lag*, además... Mañana, te lo prometo...». En el pasado, Amélie nunca se había comportado así. Por ambición hacia su pareja no se dejaba vencer por semejante pereza erótica. Había que ser una pareja activa y satisfecha; todo tenía que ser perfecto.

Ya no obraría más en contra de su deseo. Esta decisión le resultó inquietante, pero no demasiado. ¿Puede sobrevivir un matrimonio sin hacer el amor con regularidad? Quizá debería haber interrogado a quienes la rodeaban, preguntar a los demás acerca de sus técnicas para afrontar el paso del tiempo. Pero, en fin, no terminaba de verse a sí misma en medio de una reunión preguntando a los miembros de su equipo: «¿Y tú? ¿Con qué frecuencia te acuestas con tu pareja?». En el fondo, la respuesta tampoco le importaba tanto. La vida de los demás le interesaba cada vez menos. ¿Podría hacer ella lo que había hecho Éric? Dejarlo todo atrás sin preocuparse de nada... Pensar en ella y solo en ella. En ese caso le diría a su marido: «Ya no me apetece hacer el amor contigo. Ya no te deseo. Búscate a otra si quieres». Al fin y al cabo, estaba cansada de llevar las riendas de su relación. ¿Qué había hecho Laurent todos estos años? Era un buen padre, sin duda. Pero ¿había que darle una medalla por eso? Era evidente que tenía su parte de responsabilidad en lo que ella sentía en este momento. Se quedó dormida con la sensación de haber dejado de quererlo.

3

A la mañana siguiente, las niñas se mostraron contentas de ver a su madre, a pesar de que, por una vez, no había podido comprarles un regalo. «Id a prepararos, que nos vamos a la piscina...», anunció su padre. Tenía una capacidad tremenda para organizar actividades. Pero a Amélie, que acababa de reencontrarse con su familia, solo le apetecía una cosa: quedarse en la cama, a solas. Podía contar con Laurent; sus pensamientos de la víspera habían sido excesivos. Se sentía muy unida a su marido, a sus recuerdos, a lo que habían construido. No se imaginaba sin él. Y menos aún en un ritmo «una semana de cada dos» con las niñas. Sí, le habría gustado admirarlo más. Tras el fracaso de su ópera prima, *La desesperación de las ostras*, Laurent había renunciado a escribir. Se reía de su naufragio comercial con un desenfado bastante agradable. A Amélie, para quien el éxito social encarnaba el culmen de las alegrías humanas, le había costado entender el giro de ciento ochenta grados de su marido. Ella se habría sentido mortificada por una humillación así. Tras un año sabático dedicado a la escritura, se había reincorporado como profesor de Lengua francesa el otoño anterior. En el instituto se sentía completamente realizado y hablaba con entusiasmo de sus alumnos. Amélie a veces desconectaba cuando Laurent se ponía a comentar el comportamiento de un tal Matéo o las notas de una tal Iris; a sus ojos, aquello era mucho menos interesante que sus vicisitudes en el Gobierno. Con el tiempo, había acabado guardando rencor por ello. Hay una belleza genuina en el hecho de implicarse apasionadamente en lo que uno hace. Debía juzgar menos, dejar de verlo todo a través del prisma de su propio carácter y sus ambiciones. Las niñas insistieron en que fuese con ellos a la piscina, y al final Amélie cedió. Los cuatro se pusieron en marcha como una familia feliz.

4

El lunes por la mañana, Amélie se pasó por el despacho de Éric para asegurarse de su ausencia. Su actitud había sido tan imprevisible que cabía esperar cualquier cosa. Le dijo a su ayudante: «Si viene por aquí a recoger su escritorio, me avisas. No quiero encontrármelo». Para la mayoría de los miembros del departamento, Éric estaba de baja por enfermedad. En realidad, se preocupaba sin razón: no solo nadie filtraría el catastrófico episodio de Seúl, sino que todo el mundo se olvidaría pronto de su colega. Durante el tiempo que había estado allí, Éric no había entablado relaciones de amistad con nadie, se mantenía como una especie de electrón libre, unido tan solo a ella. Lo sustituiría un candidato propuesto por Recursos Humanos, un perfil clásico a más no poder. Amélie apenas tendría tiempo de que trabajaran juntos; todo estaba a punto de interrumpirse drásticamente.

La llegada de la covid atacó con especial saña a su departamento, anulando cualquier contacto con el extranjero, pausando los proyectos en curso. Cuando las cosas empezaron a volverse francamente preocupantes, el secretario de Estado organizó una reunión de emergencia. «Ahora todo gira en torno a la crisis sanitaria...», anunció, para sorpresa de nadie. Había sido informado de la eventualidad de un confinamiento total y del cierre de los centros escolares. En todo caso, eso fue lo que dio a entender. Amélie se sentía poco menos que paralizada por esta perspectiva. Se veía ya pasando días enteros encerrada, cuidando de sus hijas. Y eso fue exactamente lo que pasó. Era consciente de no ser la más digna de lástima, puesto que vivía en un piso de algo más de cien metros cuadrados, lo que no le impedía envidiar a cualquiera que tuviera una parcelita de naturaleza o incluso un balcón. Eva y Ana tenían respectivamente ocho y doce años, dos edades difíciles de conciliar en la misma onda. Desde los primeros días, Amélie se dio cuenta de que no iba a soportar aquella nueva situación. Tenía que organizarse con Laurent, pero él estaba muy ocupado con sus clases por Zoom. A Amélie no le quedaba alternativa. Lo más difícil era bregar con Ana, que, a las puertas de la adolescencia, vivía la condena sanitaria como un suplicio. Se pasaba el día al teléfono y en las redes, la única forma que tenía de mantener algo parecido a una vida social. A Amélie le fastidiaba que su hija estuviera tan desganada y que no se implicara más en sus deberes. Esta impaciencia degeneraba a menudo en discusiones que creaban un ambiente de hosquedad en toda la casa.

Por las noches, Amélie le confesaba a su marido: «Yo así no puedo seguir... ¿Has visto cómo me habla?». Laurent se daba cuenta de lo cargados que estaban los ánimos, pero no sabía qué hacer para remediar aquella disfuncionalidad afectiva. A veces sacaba él solo a las niñas al paseo diario autorizado para darle un respiro a Amélie. Cuando le tocaba a ella, aprovechaba para hacer la compra a toda prisa. Jamás hubiera pensado que media hora en el Auchan pudiera tener un regusto parecido al éxtasis.

5

Si bien Amélie seguía participando en muchas reuniones por Zoom, el ritmo de trabajo había disminuido considerablemente. Llegó a lamentar estar en Comercio Exterior y no en Sanidad. Para poder atender a las niñas, programaba las reuniones importantes a media tarde, cuando Laurent ya había terminado sus clases. Pero esta organización no era sostenible a largo plazo. Por suerte, Justine estaba disponible; la facultad de Letras no contemplaba la enseñanza a distancia. Con el tiempo, esta vecina se había convertido en su niñera principal. Parecía un poco mayor de lo que era, y su madurez también desempeñaba un papel relevante. Se notaba que debía de haber pasado por alguna experiencia dolorosa que le había abierto la puerta a una mejor comprensión del mundo. Desde el principio entendió que el contexto del confinamiento lo cambiaba todo: ya no venía a cuidar a las niñas, como de costumbre, después del colegio o por las noches; aparecía como una auténtica salvadora, encargada de evitar el naufragio de una balsa familiar en apuros. Su llegada transformó inmediatamente el ambiente del piso. Justine se turnaba para ayudar a Eva y a Ana con los deberes y jugaba con ellas al final del día. Cuando se marchaba por la noche, la familia se reunía para cenar y ver una película. Todos alababan a la enviada milagrosa.

Amélie observaba a la joven con un punto de admiración. Rememoraba sus dieciocho años, el momento en que había llegado a París para iniciar sus estudios. Ella también había trabajado de niñera para cubrir sus necesidades. Amélie trataba de tocar con los dedos los recuerdos de aquellos tiempos, pero se le antojaban demasiado lejanos. Pasados unos meses tuvo una historia con un hombre mayor que había conocido en un bar. Se acababa de divorciar y parecía disfrutar mucho con ella. A Amélie le había encantado aquella temporada despreocupada y erótica. Aquel amante le había enseñado muchas cosas; le gustaba la diferencia de edad que había entre ellos. Sin embargo, enseguida se dio cuenta de que con él las cosas nunca se formalizarían; encadenaba una aventura detrás de otra. Ella no se arrepentía de nada de aquel primer amor, y a veces se quedaba pensando en él. Aquel viaje al pasado la empujó a interesarse por Justine:

—¿Cómo te sientes últimamente?

—Bien. Solo me apetece retomar mi vida de antes, como a todo el mundo.

—¿Y tu chico? —le preguntó Amélie de sopetón.

—¿Qué chico?

—No sé. Digo yo que tendrás... un enamorado.
—Ah, no..., ahora mismo no.

Hubo un momento de apuro. A Justine la había pillado desprevenida la franqueza de la pregunta. No estaba acostumbrada a hablar de esas cosas con Amélie. Aunque cordiales, la mayoría de sus conversaciones se limitaban a dar y recibir instrucciones sobre las niñas. Aquella salida de guion tirando a lo personal resultaba sorprendente. Pero, al fin y al cabo, vivían juntas el confinamiento. No había nada chocante en querer conocerse mejor. La conversación dio enseguida un giro más convencional y se desearon buenas noches.

Un poco más tarde, Amélie se encontraba observando a Laurent, que leía en la cama. Pensó fugazmente: «Tiene la misma edad que el hombre con el que estuve cuando tenía dieciocho años. ¿Podría dejarse seducir por una chica como Justine?». Si se lo preguntaba, él respondería sin duda que era una chiquilla. Y, en efecto, Amélie no alcanzaba a imaginarse a su marido con una mujer tan joven. La idea se le había ocurrido al recordar su primera aventura, sin más razón. Una parte de ella se veía reflejada en Justine, era casi doloroso. Sentía nostalgia de aquella época en la que todo parecía posible, en la que el deseo de libertad nunca era un riesgo.

6

La desaceleración de su actividad profesional agobiaba a Amélie. Enviaba correos a sus colaboradores en los que no decía nada, a veces convocaba reuniones para comentar proyectos futuros que se habían vuelto inciertos. Por suerte, las últimas noticias eran reconfortantes; los colegios reabrirían pronto sus puertas, según sus fuentes. Muchos empleados seguirían con el teletrabajo, pero Amélie emprendió de nuevo con alivio el camino a Bercy. Al entrar en su despacho experimentó una sensación de resurrección. Las siete semanas anteriores habían durado una eternidad. Pasó parte de la mañana con el secretario de Estado para establecer cuáles serían los proyectos prioritarios. En un primer momento, confeccionaron una lista con los contratos en curso, y examinaron en qué medida podrían reanudarse las negociaciones. Naturalmente, el proyecto de Samsung de establecer una fábrica nueva en Europa se había aplazado *sine die*. Durante aquella reunión no pudo evitar percibir una pizca de desinterés en la mirada del secretario de Estado.

A primeros de junio, los centros escolares reabrieron en un clima de euforia generalizada. A la gente casi se le olvidaban las decenas de miles de muertos que había dejado la pandemia. A pesar de que la situación seguía siendo precaria, cada cual se concentraba en la promesa de un verano de libertad. No era posible aún viajar en avión, lo que relegaba el comercio exterior a la última fila de las preocupaciones presidenciales. Amélie retomó con ganas la vida política, pero, cuando oyó los primeros rumores de reestructuración, la embargó la angustia. Macron quería romper relaciones con la secuencia covid. Era probable que los que la habían encarnado fueran destituidos. Amélie pensó de inmediato en su secretario de Estado. ¿Por eso lo había notado tan distante? Él le comentó la situación con tranquilidad: «Sí, se habla de un nuevo Gobierno. Pero, *a priori*, a nosotros no nos afectará...». Interrumpió la conversación con la excusa de que tenía que hacer unas llamadas. ¿Por qué *a priori*? Aquello significaba claramente que había un debate en curso, tal vez incluso negociaciones, y que no confiaban lo bastante en ella para contarle más. Amélie llevaba tres años comprometida al máximo con su jefe, hasta el punto de haber descuidado sus redes personales. Por no hablar de que sus viajes la habían apartado de ciertos círculos parisinos. Debía tener confianza. Siempre era así cuando parecía que el Ejecutivo iba a actuar. Todo se ponía patas arriba. Amélie casi olvidaba que tenía línea directa con el presidente. Pero no, imposible molestarlo para compartir con él su ansiedad. A decir verdad, tenía motivos para estar preocupada; se estaba gestando el peor de los escenarios.

Se nombró a un nuevo primer ministro. Para sorpresa general, se trataba de un tal Jean Castex. Amélie jamás lo había conocido y apenas si sabía quién era. El secretario de Estado la convocó entonces para anunciarle que él cambiaba de funciones; le ofrecían una cartera ministerial. Ella lo felicitó, pero sobre todo esperaba saber qué iba a pasar con su puesto. Tras un silencio, y con un pesar que parecía fingido, su jefe anunció: «El equipo ministerial al completo se queda como está. No puedo llevarte conmigo...». Encadenó una serie de frases sobre la alegría de haber trabajado con ella, alabanzas prefabricadas. Por fin, le aconsejó que no se preocupara. El nuevo secretario de Estado, Franck Riester, probablemente la mantendría en el cargo. Pero tampoco en este caso las cosas discurrieron según lo previsto. Este último desembarcó en Comercio Exterior con su propio equipo y su jefe de gabinete. Así pues, en cuestión de horas, Amélie descubrió que no la trasladaban y que tampoco la mantenían. La destituían con brutalidad.

Cuando llegó a su casa, el cuerpo solo le pedía una cosa: derrumbarse. Le pidió a Justine que se quedara un rato más de lo habitual. Le explicó rápidamente la situación a Laurent, que se portó de maravilla y entendió que su mujer necesitaba estar sola. Recibió varios mensajes de sus colaboradores. Ella, por lo común tan proclive a guardar las apariencias, no tuvo fuerzas para responder. Algunos también albergaban dudas con respecto a su futuro, por supuesto. Amélie, concentrada al cien por cien en su propia caída, era incapaz de pensar en ellos. Era 8 de julio, había llegado el verano y todos sabían que ya no habría más movimientos en el tablero. Aun así, el secretario de Estado le había prometido que no la dejaría en la estacada. Ocupado sin duda con sus nuevas obligaciones, no volvió a dar señales de vida. Solo le quedaba una salida: Emmanuel Macron. Amélie le envió un mensaje para informarlo de su situación, al que él no tardó en responder: «No te preocupes. Encontraremos algo para ti. Un beso, E.». Aquellas palabras la espabilaron al instante; Amélie sabía que él siempre cumplía su palabra. Sin embargo, pasaban los días y no tenía noticias; su teléfono había dejado de sonar. La habían echado y humillado.

7

Pasó el verano y no pasó nada. Amélie se dejaba llevar, quedándose días casi enteros en la cama con la excusa de que estaba reflexionando o escribiendo cuando en realidad la invadía el vacío. Cuando sus hijas llamaban a la puerta, Laurent decía: «Dejad a mamá, que necesita descansar». Ella, que siempre había sido tan valiente, zozobraba. Alquilaron una casa en Normandía para la primera quincena de agosto y lo primero que pensó Amélie fue: «Justine tiene que venir con nosotros».

La casa era sencilla y encantadora. Después de meses de encierro, daba gusto poder respirar. El dormitorio principal estaba en el primer piso. A través de la ventana, Amélie veía a Justine correteando con las niñas; las tres reían. Esta visión paradisiaca contrastaba con su malestar. Bajaba entonces y se sentaba a la sombra de un árbol, esperando a que alguien le llevara flores. Cuando las niñas entraban en la casa para ver la televisión, Justine se tumbaba en la hierba con un libro. Estudiaba Letras para ser profesora, decía ella, pero bastaba con darse una vuelta por su dormitorio para descubrir cuadernos garabateados con pensamientos y ensoñaciones; deseaba escribir, era evidente. Sus autores favoritos eran Kundera, Kafka y Dostoievski. «Solo me gustan los autores con una letra k en el apellido», afirmó un día con una sonrisa, a lo que Laurent respondió:

—Entonces nunca leerás *La desesperación de las ostras...*

—Para serle sincera, ya lo he leído.

—...

—Y no me atrevía a decírselo, pero me gustó mucho.

Amélie asistió a esta conversación. Nunca había visto a su marido tan radiante. El hecho de que Justine hubiera tenido la curiosidad de leerlo era como si acabara de vender tres millones de ejemplares. A Amélie le pareció una ridiculez, pero la reacción de Laurent era natural. Era una mera cuestión de amabilidad hacia una novela que tanta gente parecía haber despreciado. La atención de la chica lo conmovió profundamente, y estaba encantado con la discreción con la que había leído el libro sin decírselo. Justine siguió hablando de la novela y le hizo preguntas sobre el argumento y los personajes hasta que por fin quiso saber: «¿Está escribiendo otro?». Como Laurent no se atrevió a responder que había tirado la toalla, miró a su mujer, buscó por un momento las palabras adecuadas y he aquí las que salieron de sus labios: «Sí, voy a ponerme con ello».

A la hora de dormir, justo antes de apagar la luz, Amélie preguntó: «¿De verdad vas a volver a escribir?», a lo que Laurent contestó: «No lo sé. Puede ser. En cualquier caso, tú nunca me has animado para que lo haga...». Apagó su lamparilla a la vez que pronunciaba esta última frase. Visiblemente, la inofensiva conversación con Justine había avivado cierta amargura literaria. Amélie reconoció para sus adentros que a su marido no le faltaba razón, que ella nunca había podido desprenderse de una convicción profunda: Laurent no tenía suficiente talento para que ella lo incitara a adentrarse por un camino que corría el riesgo de ser un callejón sin salida. ¿Le había faltado empatía? Aquellas pocas palabras intercambiadas antes de echarse a dormir cobraban de pronto el aspecto de un cadáver desenterrado. Amélie había subestimado la herida que padecía su marido. Incapaz de conciliar el sueño, fue a buscar un somnífero en su neceser. A la mañana siguiente, cuando se despertó, la casa estaba en silencio. En la mesa de la cocina descubrió una nota en la que le explicaban que habían ido los cuatro a dar un paseo por el bosque y que habían preferido dejarla dormir. Lo que no era más que un gesto de consideración, Amélie lo percibió como un rechazo. Lloró largo rato; por primera vez, las lágrimas acompañaban su angustia. Hacía semanas que encadenaba un día tras otro en un estado de aturdimiento con los ojos secos. Cuando las niñas volvieron, encontraron a su madre sumida en una vulnerabilidad evidente y corrieron a abrazarla. Amélie se levantó de un salto: «¡Yo también quiero salir a dar un paseo! ¡Llevadme al bosque!».

8

El resto de las vacaciones discurrió sin incidentes. Amélie hizo un esfuerzo para olvidar sus aflicciones laborales, a pesar de que no conseguía separarse del teléfono. Cada día aguardaba noticias, algo que en pleno mes de agosto era una absoluta quimera. Empezó a redactar varios mensajes para darle otro toque de atención al presidente, pero luego jamás llegaba a mandarlos. No le correspondía a ella actuar; no debía rebajarse hasta tal punto. Si la querían, se pondrían ellos en contacto. «No quiero volver a encontrarme en esta posición degradante de espera nunca más», pensaba, alternando momentos de rabia y de resignación. Un estado de ánimo que prefería guardarse para sí. Cuando Laurent le preguntaba, ella respondía: «Estoy mejor...». Amélie rememoraba con frecuencia la conversación que habían mantenido en la cama, el hecho de no haberlo apoyado y animado lo suficiente. Aquel reproche cobró la apariencia, casi a pesar de ambos, de un destino final. Las vacaciones que podrían haber encarnado un reencuentro se convertían cada día un poco más en separación. Sin embargo, todo parecía sosegado, sin atisbo de acritud emocional. A veces las rupturas se producen igual que una muerte plácida durante el sueño.

Nada más regresar a París, Amélie propuso que hablaran. Empezó ella:
—Siento mucho no haber estado muy presente durante las vacaciones.
—Por eso no te preocupes. Sé que estás pasando por un momento difícil...
—Y te pido perdón también por no haberte apoyado lo suficiente... con tu novela.
—No creías en ella, no pasa nada.

—No, no es eso. Es...
—¿Qué pasa?
—No lo sé. Nos hemos distanciado. Puede que yo te guardara rencor por no habérmela dado a leer antes. Por no compartir nada conmigo...
—Porque no te interesaba.
—No, eso no es verdad.
—Estás en otra parte. Hace mucho tiempo que tienes la cabeza en otra parte. Y seguimos viviendo juntos por las niñas, lo sabes perfectamente...

Amélie no supo qué decir. Le faltaba valor para afrontar unas palabras definitivas. Ahora no. Estaba demasiado perdida para admitir que su relación había terminado. Quizá pudieran luchar para salvarla. Ahora mismo todo le parecía tan incierto... Con todo, Laurent tenía razón: ella estaba en otra parte. Hacía tiempo que había desertado del territorio de su relación.

Cuando Amélie empezaba a encontrar una suerte de tranquilidad, recibió por fin una llamada de Alexis Kohler, el secretario general del Elíseo. Ella, que había estado todo el verano pegada al teléfono, dejó pasar el momento fatídico. Cuando descubrió el origen de la llamada perdida se quedó paralizada frente al móvil. ¿Qué debía hacer? ¿Llamar inmediatamente para mostrar su capacidad de reacción? Aunque así quedaría como una desesperada de manual. ¿No era mejor dar muestra de cierta distancia? Al fin y al cabo, llevaba semanas sin saber nada de ellos. Pero se moría de ganas de devolver la llamada. Necesitaba saber. Si Alexis en persona había querido contactar con ella, debía de ser para pedirle que se uniera al equipo presidencial. Sí, tenía que ser eso. ¿Por qué lo había visto todo tan negro? Se habían tomado su tiempo para pensar qué podían ofrecerle. Además, la situación sanitaria era todavía complicada. Era difícil proyectarse en un futuro que probablemente volvería a estar parasitado por la covid. Aun así, Amélie no era capaz de olvidar de qué manera la habían despachado. En el frenesí de la reestructuración aquello había sido un sálvese quien pueda. Al cabo de treinta minutos* llamó a Alexis, quien respondió enseguida para disculparse porque en ese momento no podía atenderla. Amélie tuvo que esperar unos minutos en los que oyó los ecos lejanos de una conversación a través del aparato descolgado. Le pareció distinguir la voz del presidente. Al instante, algo vibró de nuevo dentro de ella. Su corazón latía con fuerza; era allí donde ansiaba estar. Por fin Alexis habló:

—Perdona, vamos con la lengua fuera estos días.
—Ya me imagino.
—Sé que no ha sido fácil para ti. Las cosas se han torcido. Pero ni Emmanuel ni yo te hemos olvidado.
—...
—Con la crisis, los museos nacionales están pasando por un momento muy complicado. Necesitamos a alguien que se ponga al frente de los mecenazgos. Tú conoces muchas empresas extranjeras que invierten gustosamente en la cultura francesa. Es un puesto apasionante. ¿Cómo lo ves?

---

* El tiempo que consideró justo a medio camino entre la urgencia y la paciencia.

—Sí, supongo.

—Perfecto. Le paso tu número al gabinete de Bachelot. Esto depende de Cultura. Y nos vemos pronto.

La conversación no había durado más de un minuto. Y Alexis Kohler no había sido nada claro en su propuesta. Amélie no sabía muy bien qué pensar. Por un lado, no se habían olvidado de ella; por otro, no se trataba del Elíseo sino de un cargo en el Ministerio de Cultura. Al final, hizo mella la decepción. Estuvo reflexionando una hora: «¿Ni siquiera una reunión? Una llamada de tres frases, todo por un trabajo que no supone ningún reto...». Amélie se había convencido de que iban a contar con ella para que formara parte del clan de asesores presidenciales, y he aquí que le ofrecían vegetar en el limbo del poder. Se sentía apartada del corazón de la acción. Convencida de que Macron se presentaría a la reelección en 2022, se había imaginado formando parte de su equipo de campaña, y luego al frente de responsabilidades de alto nivel durante el segundo mandato. Había que poner fin a aquella fantasía. Al cabo de un rato, recuperó la compostura. De todos modos, ¿acaso tenía elección? No le quedaba otra alternativa. Y si decía que no, supondría una renuncia clara a su compromiso con ellos. Le molestaba especialmente la forma de anunciarle las cosas; habría agradecido un poco más de consideración. A fin de cuentas, se había deslomado durante tres años, sacrificando buena parte de su vida personal. Se guardaría para sí su decepción y presentaría este nuevo puesto a su alrededor como un excelente espaldarazo para su carrera. Tenía que salvar las apariencias a toda costa.

9

Su mentalidad no tardaría en cambiar. Buscar alianzas para ayudar a los museos a sobrevivir era sin duda alguna una misión apasionante. No se habían equivocado al confiarle la tarea. Amélie, efectivamente, había creado una agenda de contactos asombrosa que incluía algunas de las principales empresas del mundo. En aquel año particularmente brutal, en el que se hablaba a todas horas de lo que era esencial y lo que no, Amélie llegó a ponderar la importancia de esta nueva dirección que tomaba su carrera. Se hizo cargo de la mayoría de los museos nacionales de París, entre los que se contaba el Museo de Orsay, el Louvre, el museo de arte moderno del Centro Pompidou, el Museo Rodin, el Museo Picasso, el Museo Gustave Moreau y muchos más. Tras los meses de cierre y con el turismo paralizado, todas estas instituciones culturales estaban en punto muerto. Y era evidente que el Estado no podía hacerse cargo de todo. La búsqueda de financiación privada era un reto más importante que nunca; Alexis le mandó un mensaje en su primer día diciéndole que se le confiaba «el escaparate de Francia». Siempre fiel a su manera de halagar egos. Pero no se equivocaba: los museos atraían un turismo que alimentaba a todo un sector de la economía. Cada vez se recurría más a fondos privados para financiar el patrimonio. Al ahondar en el asunto, Amélie se sorprendió al descubrir, por ejemplo, que el Met de Nueva York se mantenía íntegramente a base de donaciones. Aunque muchas empresas francesas invertían en cultura (a cambio de desgravaciones fiscales, por supuesto), no era suficiente. Había que buscar apoyos en el extranjero. Desde hacía muchos años, países como Qatar y Arabia Saudí, a los que les convenía en términos de imagen, garantizaban la supervivencia de varias instituciones francesas. Por lo demás, había toda una serie de ventajas de prestigio, como la posibilidad de realizar visitas privadas. A los mecenas les encantaba ofrecer a sus clientes esos momentos privilegiados. Amélie haría todo lo posible para animar a los patrocinadores permitiéndoles vivir momentos inolvidables. Previo pago de una cantidad determinada, cualquiera podría cenar cara a cara con la Gioconda.

Si bien los primeros meses se complicaron a raíz de un nuevo confinamiento, seguido de un frío repunte del turismo, el verano de 2021 se anunciaba claramente como un nuevo comienzo. Amélie retomó sus viajes con el fin de reactivar algunos de sus contactos, sobre todo en Estados Unidos. Pero su ritmo de trabajo era significativamente menos intenso que en la etapa de Comercio Exterior. Podía gestionar su agenda como deseara. En resumidas cuentas, fue un año más bien tranquilo, incluso cuando Laurent y ella decidieron confirmar su separación. Optaron por pasarse a dos pisos más pequeños en el mismo barrio, lo que les permitía conservar un contacto estrecho. Eva y Ana aceptaron totalmente la situación, pues el divorcio formaba parte de las cosas modernas. Justine seguía cuidando de las niñas algunas noches, tarea que compaginaba con el trabajo en una librería los fines de semana. Había tomado forma un nuevo equilibrio. Durante su semana de custodia, Amélie se las arreglaba para llegar pronto a casa casi siempre. Por fin cenaban las tres juntas. E invitó a las clases de Eva y Ana al Louvre un martes, el día de cierre del museo. Los niños agradecieron aquel privilegio increíble. Las chicas estaban orgullosas de su madre, que tenía en su poder las llaves de todos los museos. Amélie sentía una honda satisfacción. Se relacionaba mucho mejor con sus hijas, se mostraba más tranquila y receptiva. Curiosamente, la separación le había permitido definir mejor su papel de madre. Antes, Laurent ocupaba demasiado espacio, hablaba con seguridad, con autoridad incluso, como si tuviera razón en todas las cuestiones educativas. Era un padre muy bueno, muy comprometido y cariñoso, pero ahora Amélie comprendía que su actitud había terminado por ahuyentarla; había acabado sintiéndose inútil.

Por primera vez, Amélie había pasado varios meses sin que hubiera un hombre en su vida. Entre su nuevo trabajo y su implicación maternal, no había sido una prioridad. Tenía la impresión de que Laurent había conocido a alguien, pero era un tema tabú. Mientras no les presentara a alguien a las niñas, era cosa suya y solo suya. En realidad, Amélie le deseaba toda la felicidad y la plenitud del mundo; procuraba preguntarle de vez en cuando si estaba escribiendo. «Sí, la cosa avanza...», respondía él sin desvelar nunca nada del proyecto. «Hablar de una novela mientras la estás escribiendo es como abrir una ventana; corres el riesgo de que las ideas se escapen», había añadido una vez. Amélie fue incapaz de captar el tono de la frase. ¿Había un atisbo de humor? ¿Hablaba en serio? Como no quería disgustarlo otra vez, reconoció que tenía razón y volvió a darle ánimos. Por regla general, evitaba todo lo que pudiera perturbar los contornos de una relación apacible. Sus conversaciones estaban impregnadas de diplomacia. Se diría que trataban de lograr con la separación lo que no habían podido hacer durante el matrimonio.

10

Al cabo de unos meses, Amélie empezó a experimentar un vacío que no era capaz de definir con precisión. Algo a medio camino entre la necesidad de ternura y las ganas de compartir con alguien su día a día. Se sentía sola en la narración de sí misma. En varias ocasiones había acariciado posibilidades afectivas de las que luego terminaba alejándose. Las más de las veces se trataba de aficionados al arte, coleccionistas o directores de museos, pero no se sentía preparada. Y entonces, durante el verano de 2022, conoció a un estadounidense llamado Ben, hijo de un industrial de Texas que estaba al frente de las actividades filantrópicas de la empresa familiar. Durante mucho tiempo, su función consistió fundamentalmente en hacer donaciones a hospitales y escuelas. Su vida profesional se resumía por tanto en recibir palabras de agradecimiento. Auténtico paradigma del hombre acaudalado, había seguido una trayectoria por completo opuesta a la de sus hermanos y hermanas. Desde muy joven, Ben había viajado mucho por Europa e incluso había estudiado en la Sorbona. A pesar de su holgura económica, alquiló una buhardilla y se imaginó artista, el cliché perfecto del americano en París. Aprendió francés y exploró los museos, más que nada. Durante un tiempo, su familia lo consideró una extravagancia, y al final le exigieron que volviera para trabajar a su lado. Ben no tuvo valor para negarse y se plegó a los dictados de su mundo con tal de preservar su vida acomodada. Tan dócil fue que incluso se casó con Pam, la hija de uno de los mejores amigos de su padre. La mañana de la boda le dijo a su futura esposa: «Ben y Pam... ¿De verdad crees que se puede formar una pareja con solo seis letras?». Enseguida tuvieron dos hijos, Kim y Tom, que pusieron el broche a la cuestión de los nombres sucintos. Sin embargo, al cumplir los cuarenta Ben decidió recuperar una parcela de su autonomía. Solicitó al mismo tiempo el divorcio y un nuevo rumbo dentro de la empresa. Así fue como acabó desarrollando las actividades de mecenazgo de la compañía y se convirtió en uno de los principales miembros de la American Friends of the Louvre, gracias a lo cual llevaba a París durante unos días al año a los mejores clientes del grupo. El punto culminante del viaje era una visita privada al museo más famoso del mundo.

En este contexto conoció a Amélie, varios años después. Ben se quedó prendado de aquella parisina con don de gentes que sabía recibir a los grupos con tanto entusiasmo. A ella, por su parte, la conquistó enseguida la erudición de aquel texano tan atípico. Su primer encuentro estuvo precedido de un largo y cada vez más cordial intercambio de correos electrónicos, por lo que la idea de cenar juntos surgió de un modo natural. Ben reservó en el Loulou, un restaurante situado en los jardines aledaños al Louvre. Mostró interés por ella y le hizo muchas preguntas sobre su vida, sus hijas* y su trabajo. La velada fue tan encantadora que Amélie pasó la noche con él. De madrugada se dijo que aquello no podía ser, que todo era demasiado perfecto, que algo tenía que salir mal; solo había que esperar. Durante aquellos primeros días felices, recordó la decisión que había tomado unas semanas antes. Macron, recién reelegido, le había propuesto que se uniera a su equipo, una idea que dos años antes la habría extasiado, pero ahora las cosas eran claramente diferentes. Por supuesto, había salido escaldada por la violencia de lo que le había tocado vivir, aquella indefensión de la noche a la mañana. De ninguna manera se dejaría mangonear más por los caprichos de unos y otros. Aun así, las razones de su negativa eran otras. En primer lugar, estaba enamorada de sus nuevas funciones. Le encantaba buscar inversores, convencerlos de la importancia de lo que estaba en juego. No paraba de recibir alabanzas por su capacidad de persuasión, por sus dotes para la innovación y la sorpresa. Y por otro lado, ante todo no estaba dispuesta a renunciar a la

---

* Descubrieron la increíble coincidencia de que los vástagos de ambos tenían nombres de pila de tres letras.

relación con sus hijas, que se había vuelto mucho más equilibrada. Entrar en el Elíseo era sinónimo de despedirse de los horarios estables y la libertad absoluta de la que gozaba en la actualidad. Dio las gracias al presidente por su confianza y le explicó que no podía abandonar su puesto; él no discutió su negativa. Y gracias a su decisión acabó conociendo a Ben.

Al principio de su relación, él iba a París con regularidad. A veces incluso solo para dos días. En alguna ocasión se presentó sin avisar, enviando un simple mensaje: «Estoy aquí». A Amélie le costaba comprender una vida tan particular, libre de cualquier restricción económica. Cuando le preguntaba por su familia, él respondía escuetamente; no le interesaba el tema. Al fin y al cabo, ¿para qué querer saber más? Era un hombre culto y refinado con el que le encantaba hacer el amor. Una noche Amélie le preguntó: «¿Por qué yo?», a lo que él respondió, enigmático: «Yo no te elegí. Te me impusiste». Aunque sentía que se estaba enamorando de él, ni se le pasaba aún por la cabeza presentárselo a las niñas. Prefería dejar que aquella historia flotara con un aire de irrealidad. Pero Ben no paraba de decirle: «En Navidad te vienes con ellas a Texas. Tienes que conocer a mis padres y a mis hijos...». La perspectiva de aquella reunión familiar se le antojaba improbable, pero le encantaba el giro novelesco que estaba dando su vida.

Unas semanas antes de las fiestas de final de año ocurrió algo inesperado. Uno de sus antiguos colegas le mandó un enlace a un artículo del periódico *Le Parisien* con un lacónico comentario: «Increíble...». Descubrió entonces la entrevista de Éric Kherson. El mero hecho de leer aquel nombre le provocó un escalofrío y le hizo rememorar el día atroz en Seúl. Sin embargo, de vez en cuando se preguntaba qué habría sido de él. Leyendo la entrevista comprendió muchas cosas. Fue precisamente en Seúl donde Éric había tenido una experiencia de intimidad con la muerte. ¿Por qué no se lo había contado en ese momento? Una luz nueva iluminaba los acontecimientos. El artículo hablaba del éxito de aquella terapia revolucionaria. Espontáneamente, Amélie quiso enviarle un mensaje para felicitarlo, hasta que recordó que había borrado su número. Pensó entonces en Facebook, donde encontró su única conversación. Releer aquel mensaje le pareció de lo más incongruente.

Querido Éric, no sé si te acordarás de mí. Fuimos juntos al instituto. Gracias a este grupo he leído una de tus publicaciones y he descubierto tu magnífica trayectoria profesional. No sé en qué momento laboral te encuentras, qué te apetece hacer, etcétera, pero me encantaría que habláramos de ello, y tal vez incluso hacerte una oferta. Estoy creando equipo en la Secretaría de Comercio Exterior. Y aunque no te interesara sería para mí un placer tener noticias tuyas. Amélie.

Aquella lectura la sumió de nuevo en el intenso periodo en el que solo vivía para trabajar, soldado obsesiva y entregada a su país. Con aquel mensaje afloraba de nuevo todo el año 2017. El primer café con Éric y todas las misiones que llevaron a cabo juntos. Por último, revivió su noche en Corea, aquellas horas imborrables. Volvía a verse con él, dos fugitivos de la lluvia refugiándose en aquel local tan encantador. Era como si una pátina intemporal hubiera impregnado el recuerdo. Amélie empezó a escribir un mensaje, pero algo le paró los pies. Quizá una parte de ella le guardara aún rencor. Una certeza: aquel hombre nunca dejaría de sorprenderla. Se dijo que había algo muy hermoso en la idea de que mirar a los ojos a la muerte te hiciera amar aún más la vida.

11

Amélie se enteró muy tarde. Laurent, seguramente por superstición, no le había revelado nada antes. Ahora que la publicación era inminente, pensaba en ello cada vez más a menudo. Era evidente que la separación le había dado un impulso renovado al escritor. Así pues, iba a sacar una segunda novela cuyo título, *Estoy bien*, sonaba casi a eslogan de plenitud posruptura. Con todo, le parecía mucho mejor que *La desesperación de las ostras*. Le anunció la noticia a Ben:

—El padre de mis hijas va a publicar otra novela.
—¿Habla de ti?
—No creo.
—Pues mejor. Que no te haga un Claire Bloom.
—¿Un qué?
—Era la mujer de Philip Roth, una actriz inglesa. Cuando se divorciaron, ella escribió un libro

espantoso contra él. Seguramente eso fue lo que le costó el Nobel a Roth.

—Ah, vale. Pero no creo que estemos en el mismo terreno. En fin, no lo digo por hacer de menos su trabajo. Tú me entiendes...

Ben se enfrascó en una especie de monólogo sobre el hecho de que ahora escribía todo el mundo. «Un día de estos nos sorprenderá que alguien no escriba», declaró. «Exclamaremos: "¿¿Cómo?? ¡¿Que no escribe?!"». Le gustaba exagerar para hacerla reír. Laurent celebraría el lanzamiento de la novela en Le Divan, una librería del distrito XV. Amélie le habría propuesto a Ben que la acompañara, pero ese día él estaba en Estados Unidos. Mejor así, desde luego. Aquel momento organizado para gloria de Laurent no tenía por qué ser parasitado por semejante presentación. De todos modos, Amélie seguía teniendo sus reticencias a mezclar esas dos facetas de su vida. Le gustaba la idea de no oficializar nada; la clandestinidad era de lo más agradable.

Nada más entrar en la librería distinguió a Justine entre la multitud. Así que Laurent la había invitado, entre los colegas y amigos que habían venido a celebrar la publicación. ¿Tan cercanos eran? ¿O habría invitado Laurent a toda su agenda de contactos? Sin saber muy bien por qué, se quedó junto a la puerta, como para observar la escena antes de integrarse. Las niñas, por su parte, se dirigieron directamente hacia su padre. Amélie creyó ver entonces un gesto fugaz de Justine en la espalda de Laurent. No una caricia propiamente dicha, pero sí una intención tierna. No cabía la menor duda: estaban juntos. Recordó su complicidad durante el último verano. ¿Cómo había podido ser tan estúpida? Por eso no había hecho nada para recomponer los añicos de su historia, por eso había aceptado la separación de tan buen grado. Justine estaba al acecho. Los hombres son incapaces de irse, pensó Amélie. Incapaces de irse a menos que tengan a otra en el punto de mira. Ahora todo tenía sentido, con aquel gesto fugaz le había bastado. Le costaba reprimir su rabia. Sin embargo, ya no estaba enamorada de él; si Laurent era feliz con aquella cría, pues mejor para él, ya no era problema suyo. Pero no, no se le pasaba. Puede que la historia hubiera empezado incluso cuando aún estaban casados. ¿Qué se suponía que debía hacer? ¿Pedirle explicaciones? No, a pesar de la ira, no tenía derecho a echar a perder aquel momento. Tenía que callar, pensar también en sus hijas. Mientras avanzaba, fue dedicando sonrisas crispadas a los conocidos, a continuación abrazó a algunos miembros de su antigua familia política y a varios amigos de Laurent. A la mayoría no los había visto desde la separación. Tenía la sensación de estar dando un gran salto hacia atrás, de zambullirse de pronto en una vida que ya no era suya.

Por fin se acercó al autor para que le firmara su ejemplar. Le habría gustado que fuera un momento de júbilo, pero se sentía extremadamente agobiada por lo que acababa de descubrir. Viendo su cara descompuesta, Laurent le preguntó: «¿Estás bien?». Tras quedarse un segundo en blanco, Amélie contestó: «Estoy bien». Aquel toque de humor contribuyó a crear un ambiente más sosegado. Al fin y al cabo, se alegraba mucho por él, de que hubiera podido escribir otro libro y de que compartiera aquella victoria con sus seres queridos.* El librero le entregó un micrófono a Laurent, que pareció encantado de explicar durante unos minutos lo que lo había inspirado. El público entregado se reía ante el menor atisbo de humor; flotaban en una buena disposición que le confería a la velada la ilusión del éxito. Justine se acercó a Amélie como si nada. «Es maravilloso...». ¿Qué pretendía? Le había robado a su marido, sus hijas la adoraban, ¿no querría también que se hicieran amigas? Pero Amélie debía contenerse. No es el momento, se repetía. Al ver que no contestaba, Justine añadió:

—Le propuse yo a Laurent que hiciéramos aquí la presentación del libro.

—...

—Esta es la librería donde trabajo los fines de semana.

—Ah, qué bien... —masculló Amélie, pensando que aquello agravaba la certeza de su complicidad.

Obviamente, se había enterado de la publicación antes que nadie y le había preguntado a su jefe si podían organizar allí una firma. Bonita pareja se revelaba. Justine soltó algunas banalidades sobre los autores que ya habían pasado por la librería. Amélie contenía su irritación por el momento, pero era preferible poner fin a la conversación. Fue entonces cuando otra joven se les acercó, ostensiblemente sin aliento: «¡Perdona, no he podido llegar antes!», dijo

---

* Por desgracia, el momento de alegría sería efímero: la segunda novela se toparía, igual que la primera, con un desinterés generalizado.

a la vez que le daba un rápido beso en la boca a Justine. Amélie se quedó estupefacta, pero trató de disimular su sorpresa. «Esta es Mathilde. Mi chica...», dijo Justine. No había dicho «una chica», sino «mi chica». Y, en cualquier caso, el beso eliminaba cualquier ambigüedad al respecto. ¿Cómo podía haber estado Amélie tan poco espabilada? Con lo mucho que la habían elogiado en el pasado por su perspicacia, sus intuiciones se volvían ahora confusas. Desde su pequeño bache, su comprensión del mundo había adquirido una nueva serie de convicciones impredecibles.

Abochornada por su primera impresión, Amélie procuró mostrarse cariñosa con las dos muchachas, lo que brindó al intercambio un matiz de bipolaridad. Tras ellas, Laurent seguía firmando ejemplares de su novela como un hombre maravillado por su propio talento. Llegó entonces la hora de marcharse; las niñas tenían colegio al día siguiente. Se despidieron de todo el mundo y Amélie pidió un taxi. Una vez en la acera, abrió por fin el libro para leer la dedicatoria. Se quedó pasmada. Laurent había escrito: «Para Amélie, a quien le debo todo». No se lo podía creer. Aquella declaración era tan hermosa como inesperada. Pero al releerla identificó una palabra distinta: «Para Amélie, a quien le debo tanto». Sus ojos habían sublimado la realidad. «Tanto» no era lo mismo que «todo», pero aun así no estaba nada mal, se consoló. Antes de subir al taxi, se volvió por última vez para observar el interior de la librería. Hacía mucho tiempo que no veía a Laurent tan feliz.

12

Durante el trayecto de regreso a casa, no se borraba de sus retinas aquella visión de la felicidad. Era hora de que Amélie anunciara que ella también era feliz. No se trataba de una novela, sino de un hombre. Aquella noche les habló a sus hijas de Ben. Ambas respondieron de inmediato: «Lo sabemos, mamá». Llevaban semanas detectando cambios en sus costumbres, desde la simple compra de un trapito nuevo hasta ciertas sonrisas sin motivo aparente. El amor la convertía en un libro abierto. Su dicha se desbordaba sin que ella se diera cuenta. Eva y Ana parecían alegrarse sinceramente por su madre. Si bien Amélie había querido preservar su historia, ni que decir tiene que también había temido la reacción de las niñas. Aunque habían aceptado la separación sin problema, otro hombre sería una etapa más difícil de superar. Pero, a todas luces, no era el caso. La felicidad de su madre parecía bastarles. Amélie comentó la idea de ir a Texas en Navidad, lo que añadió al anuncio un extra de fascinación. Antes de meterse en la cama le mandó un mensaje a Ben para informarlo de que su existencia ya se había hecho oficial. Él contestó primero con un corazón rojo (seguramente estuviera reunido) antes de mencionar las ganas que tenía de conocer a Eva y Ana en su próximo viaje.

Ben iba a París muy a menudo, y no descartaba instalarse definitivamente cuando sus hijos fuesen mayores de edad. Amélie se preguntaba a veces cómo sería su vida en Texas. Él le aseguraba que asistía a las reuniones de la empresa familiar, pero sin tener funciones concretas. A veces se sentía como en un episodio de la serie *Succession* cuando veía a sus hermanos y hermanas despellejándose por el poder. Le parecía ridículo y se alegraba de tener un puesto dentro de la empresa en el que no se jugara nada. Su familia probablemente lo veía como un ovni, y él prefería que fuera así. A Amélie le parecía una vida inverosímil, ella que tanto había luchado por cada pedacito de su éxito. Sin embargo, Ben no se comportaba como un ricachón. Vivía rodeado de lujos, desde la cuna, pero nada le entusiasmaba más que comprar un libro de segunda mano en una librería de lance. Amélie se sentía cada vez más como un país ocupado. Ben se colaba en todos sus pensamientos, imponiendo su presencia hasta el último recoveco. Si a veces sentía un leve dolor por su ausencia, la mayor parte del tiempo pensaba en él con placer; de vez en cuando replicaba sus conversaciones como en una ensoñación, y su cuerpo se impacientaba ante la perspectiva de reencontrarse con el de él. Al cabo de unos días volvería para pasar una semana entera. Se habían acostumbrado a hacerse regalos cada vez que se reencontraban. Amélie sabía que Ben tenía debilidad por las corbatas; ¿quizá incluso las coleccionara? Era un detalle de su relación aún por dilucidar. Le gustaba especialmente una tienda del distrito VIII llamada La Corde au Cou. Decidió ir hasta allí dando un paseo; la ciudad parecía curiosamente vacía aquel día, casi tranquila. Era como si París intentara ser Ginebra. Todo parecía escrito para la felicidad, algo que nunca es buena señal. Al llegar a la altura de la tienda, se detuvo en seco. A través del escaparate le pareció distinguir a Ben. Pensó fugazmente que debía de tratarse de un hombre que se le parecía. Cuenta la leyenda que todos tenemos un sosias en algún rincón del mundo. Se suponía que Ben no llegaría hasta dentro de varios días. Pero no, no había duda ni lugar para la confusión. Era Ben.

Su primer impulso fue entrar en la tienda y pedirle explicaciones, pero el malestar que le causaba lo que acababa de descubrir la empujó a alejarse. Estaba tan alterada que se sentía incapaz de hablar. Abatida al otro lado de la calle, agachó la cabeza justo cuando él salía del comercio. Instintivamente, lo siguió. Con el corazón desbocado intentaba convencerse de que había una justificación racional para aquella presencia inesperada. Que quizá hubiera llegado antes para sorprenderla, o tal vez tuviera problemas que no quería compartir con ella por miedo a agobiarla. Lo siguió, escondiéndose en las puertas cocheras cada vez que él hacía amago de aminorar el paso, con las piernas temblorosas, hasta que lo vio entrar en un edificio. Amélie se quedó paralizada, muda. Una anciana que pasaba por allí le preguntó: «¿Se encuentra usted bien? ¿Necesita ayuda?». Ella dijo que no con un suspiro, pero la pregunta le hizo darse cuenta de la imagen que proyectaba en aquel momento; pálida e inmóvil, le faltaba valor para la rabia. No había explicación plausible. Ben le había mentido y por fuerza escondía alguna historia sórdida. Llamó a la oficina para decir que no se encontraba bien y que no volvería por la tarde. Que su asistente cancelara sus citas. Amélie acabó sentándose en un banco cercano al edificio en el que había entrado Ben. Quiso llamarlo, solo para ver qué le decía, pero él no iba a contestar cuando en Texas era de noche. Seguiría interpretando su papel de fantasma en la otra punta del mundo.

Llevaba una hora sentada en el banco cuando por fin reunió fuerzas para levantarse y acercarse al edificio. Esperaría a que saliera alguien para colarse. Comprobaría los nombres en los buzones. Fue entonces cuando el propio Ben abrió la puerta. Se encontraron frente a frente. Iba acompañado de una mujer y de un niño pequeño. Haciendo gala de un perfecto autodominio, no manifestó ninguna emoción al darse de bruces con Amélie. Ella, incapaz de reaccionar, dejó pasar al trío. Unos minutos más tarde, recibió un mensaje: «Te lo explicaré todo». Fue inútil. Podría haber montado una escena, haberle gritado, pero la presencia de la mujer y el niño la había desarmado. Vagó sin rumbo por las calles sin responder a las numerosas llamadas de Ben. De repente tomó una decisión: necesitaba estar segura. Se sentó en un café y le envió la ubicación. Él llegó veinte minutos más tarde, completamente lívido. Al principio guardó silencio ante ella, como si le causara impotencia el dolor que acababa de infligirle. Pero entonces se embarcó en un discurso con aires de perorata aprendida de memoria, como si hubiera previsto que ese momento llegaría tarde o temprano.

Desde hacía unos años, Ben vivía con una francesa, con la que tenía un hijo de dos años. Volvía a Texas en vacaciones para ver a sus otros hijos, pero casi todo el tiempo residía en París. Cuando conoció a Amélie no tuvo agallas para contarle la verdad. Empezó a suplicarle que creyera en la sinceridad de sus sentimientos. La mentira inicial se le había ido de las manos y no había sabido ponerle remedio. Le juró que tenía intención de romper con su pareja para estar con ella. Pronto podrían vivir su amor sin necesidad de esconderse. Amélie estaba estupefacta. ¿Cómo creer a un hombre capaz de tal hipocresía? No le apetecía nada tener que escuchar aquella sarta interminable de excusas. Sin embargo, necesitaba entender una cosa:

—Vivimos en la misma ciudad. Trabajo prácticamente en el barrio donde tú... vives...

—¿Y?

—Tu actitud es incomprensible. O bien te sientes todopoderoso, no lo sé. Lo que ha ocurrido hoy tenía que pasar tarde o temprano.

—Ya lo sé. Y creo que era lo que más deseaba.

—¿Qué quieres decir?

—He demostrado ser un cobarde. Y prefería que el azar obrase en mi lugar.

Amélie no supo qué responder. ¿Se encontraba ante un hombre perdido en el laberinto de sus contradicciones e incertidumbres? No, cada palabra que pronunciaba parecía inspirada por una forma de placer malsano. Había vivido los últimos acontecimientos como si hubiera jugado a la ruleta en el casino. Lo único que Amélie veía en él ahora era un niño mimado cuya única distracción consistía en buscar la diversión sentimental. Se las veía con un Valmont de pacotilla. No, ni siquiera se creía su consternación; si hubiera sido sincero habría tenido mucho más cuidado, habría hecho todo lo posible por evitar hacerle daño. Disfrutaba la destrucción, ahora lo veía claro, como en un juego en el que se ganaba con el sufrimiento de la otra persona.

13

Ben aún le escribiría varios mensajes al día. Ella acabaría bloqueándolo. Él le mandaría flores. Ella las tiraría directamente a la basura. Justo cuando más feliz era, cuando les había anunciado esa felicidad nueva a sus hijas, la ruina irrumpía de nuevo. Ya no cabía la menor duda: el destino se ensañaba con ella. Cada mañana le aportaba el sabor de la amargura. Al principio le pareció que podría superar la traición; sin embargo, al cabo de unas semanas el derrumbe interior fue total. Le pidió a su médico de cabecera que le diera la baja y a Laurent que se quedara con las niñas la semana que le tocaba a ella. No se sentía capaz de afrontar ni una sola mirada ajena. No tenía ninguna gana de ser esa persona a la que se contempla con compasión. No paraba de reproducir en su cabeza el guion de lo que había confundido con una historia de amor, se estaba volviendo loca. Había sido él quien había dado el primer paso, quien había propuesto que cenaran, quien no había parado de jugar a ser el hombre perfecto. Podría haberla seducido y desaparecer del mapa. ¿Por qué había manifestado sin cesar el deseo de construir algo, cuando tenía una vida en otra parte? Por fin les confesó a sus hijas que su relación había terminado y que lo de Texas quedaba descartado. Intentó parecer indiferente, arrancarse el corazón con desparpajo. Pero ellas ya habían reparado en la tristeza de su madre; había algo que delataba su sufrimiento: había empezado a hablar sola.

Pasaron los meses en ese estado de desorden emocional. Reanudó su trabajo, por supuesto. Cuando recibía mecenas estadounidenses sentía un pellizco en el estómago. Al menos Ben tuvo la decencia de no volver a aparecer por las reuniones de Amigos del Louvre. Amélie se concentraba en su vida profesional y en sus hijas, y no se dejaba perturbar por el menor suceso inesperado. No se saldría más del camino de una vida de tonalidades apagadas. Perdió el contacto con sus redes más antiguas; años de estrechar lazos para que todo acabase en nada. Veía la acción gubernamental con un ojo cada vez más crítico, aunque en el fondo ya nada de aquello le interesaba. Amélie desarrollaba una especie de relación indolora con el mundo. A pesar de que su trabajo la llevaba a menudo a los museos más bellos de París, hasta entonces nunca se había permitido entregarse a la contemplación. Recorría las salas como una autómata. Pero ahora era como si el dolor hubiese aumentado su sensibilidad. Por primera vez se tomaba su tiempo. Algunas tardes, después del cierre, podía pasarse una hora deambulando por un museo, sin encontrarse con nadie, sin más compañía que las obras de Chagall o Rembrandt. Se consolaba a través de la belleza.

En el Museo Rodin tuvo una revelación. Estaba sola, como de costumbre. Les decía a los guardias que necesitaba preparar las visitas privadas, imaginar cómo haría vivir a los mecenas unos momentos excepcionales. En aquel museo le relajaba pasear por el gran jardín, perderse entre las esculturas. Había algo incongruente en aquella confluencia entre lo efímero y lo eterno. Admiraba la fuerza del escultor. Probablemente hubiera extraído su poderío del rechazo: no lo admitieron en la escuela de Bellas Artes. Fue entonces cuando una frase detuvo a Amélie. Tantas veces había pasado por delante de aquella escultura sin prestar atención a su título:

Soy bella

Desde hacía años, desde siempre, corría para atrapar un destino que se le escapaba delante de las narices. Amélie había intentado ser buena alumna en todas las etapas y roles de su existencia, hacerlo todo bien, hacerlo todo siempre bien, y la vida no había parado de echar por tierra sus esfuerzos; se sentía agotada de desilusiones. Por supuesto, reconocía que era una privilegiada en muchos aspectos, pero una especie de malicia del destino seguía frustrando sus sueños. Se sentía cansada y melancólica. La luchadora se había rendido. El título de la escultura fue algo así como una aparición. Amélie lo escuchó como un mandato destinado a ella. La sensación sería quizá efímera, pero daba igual. En aquel preciso instante vivió esas palabras como un consuelo, una vía, una forma de recuperar la confianza.

Rodin le enviaba una señal. Más tarde descubriría que el título de la obra procedía de un poema de Baudelaire: «La belleza».

14

Fue así como Amélie tomó la impulsiva decisión de pedir cita en Lycoris. Había leído muchos comentarios positivos sobre la terapia. Cuando se apuntó, especificó que quería que la acompañara el fundador. Tendría que esperar unas semanas. Podría haber llamado a Éric directamente y haberle pedido que la colara. Al fin y al cabo, le debía una. Pero no, necesitaba que todos los pasos discurrieran con normalidad. Además, no quería que estuviera sobre aviso. El día del ritual solicitó librar en el trabajo. Pasó buena parte de la tarde en un café del barrio. ¿Qué pensaría él cuando volviera a verla? Cuando llamó al timbre, su corazón latió tan fuerte como si quisiera salirse del pecho. La invitaron a entrar, atravesó un largo pasillo y distinguió una silueta; allí estaba Éric.

Se escudriñaron, estupefactos de verse cara a cara. Por fin se acercaron para darse dos besos.
—No sabía que... —empezó Éric.
—Reservé con un nombre falso. Quería darte una sorpresa.
—Pues lo has conseguido. Estoy...
—Yo también.
—¿Cómo estás?
—¿No quieres que hagamos primero el ritual? Estoy un poco tensa... ¿Y hablamos después?

Amélie tenía razón. Era preferible no embarcarse en un largo relato de los últimos años. Le complacía la idea de dejar aquel reencuentro en suspenso. Se acomodó en la antesala mientras él preparaba el ataúd; siempre debía comprobar antes que nada la ortografía exacta del nombre y el año de nacimiento de la paciente. Cuando regresó, Amélie le entregó su texto. Llevaba días buscando las palabras adecuadas para definirse. Había pensado en pedir consejo a Laurent: «¿Qué escribirías si tuvieras que resumir tu vida?». Al final, acabó redactando esta frase escueta: «Amélie Mortiers vivió muchos años felices hasta que la vida decidió no ser tan sencilla como ella esperaba». Demasiado dramática para su gusto; hubiera querido mencionar a sus hijas o sus alegrías, pero frente al ordenador fue incapaz de infundir a sus palabras la ligereza que deseaba. Prefirió renunciar a esa parte del ritual y solo le entregó a Éric su epitafio. Él esbozó una sonrisa al leerlo, a pesar de que durante las ceremonias se limitaba a mostrarse lo más neutral posible. Amélie había elegido decorar su tumba con las palabras «Soy bella».

Pasados unos minutos, se adentró en la sala llena de velas para descubrir:

Amélie Mortiers
1977-2024

Avanzó hacia su ataúd y se metió sin vacilar ni un segundo. Amélie siempre se había sentido a gusto enfrentándose a lo improbable. Cuando Éric cerró la tapa, se quedó de piedra. Imaginar la situación no tenía nada que ver con vivirla. Se preguntó por qué estaba allí, sumida en una oscuridad total, respirando gracias a unas aberturas mínimas. Era una sensación inédita, a un tiempo extrañamente reconfortante e incómoda. Necesitó varios minutos para relajarse y dejarse embargar por la intensidad de la experiencia. Empezaron a asaltarla imágenes poco a poco: recuerdos, gestos, pesares. Amélie repasó mentalmente sus dos partos y luego vio a su madre, demasiado discreta, y a su padre, que solo demostraba interés por su hermano. Cuántas cosas sepultadas sobre las que raras veces reflexionaba. Vio también a Laurent y se reprochó no haber sido capaz de estimar bien la felicidad que habían compartido. Sumida en el silencio y la oscuridad, se ofrecía a sí misma una segunda oportunidad. Durante aquel largo viaje introspectivo, Éric no se separó del féretro. Pensaba en Amélie. Verla de nuevo había reavivado las emociones de la última noche en Seúl, justo antes de su espantada.

Al cabo de unos cuarenta minutos pidió salir. A diferencia de la mayoría de los pacientes, no le costó trabajo restablecer el contacto con la realidad. La experiencia incluso la había puesto de buen talante.

—Es increíble. Me siento bien, aliviada de estar viva.

—A veces hace falta algo de tiempo para entenderlo, pero en tu caso...

—Soy rápida, y tú lo sabes mejor que nadie.

—Sí, es verdad.

—He pensado en tantas cosas...

—...

—Te lo agradezco mucho. Me parece hermosísimo lo que has construido. No es ninguna tontería ayudar a los demás.

—Gracias. ¿Y tú? ¿Sigues en...?

—No. Ya te contaré. A propósito... No sé si tendrás planes. ¿Te apetece ir a tomar algo?

—Me encantaría, pero esta noche no puedo.

—No pasa nada... —dijo Amélie, preguntándose si no le estaría poniendo una excusa.

A Éric le habría gustado prolongar el encuentro, pero había quedado con Isabelle. Cogieron sus abrigos en silencio y abandonaron el local. Amélie añadió:

—Qué reencuentro tan raro, ¿no te parece?

—Sí.

—Pero, bueno, tú mismo lo dijiste: «Volveremos a vernos»...

Sonrieron al rememorar estas palabras que bien podrían haber sido el eslogan de su relación.

—Muchas veces he albergado la esperanza de volver a verte, ¿sabes?..., y explicártelo todo —dijo Éric con voz vacilante, buscando las palabras.

—...

—Muchas veces he querido escribirte para pedirte perdón. Pero estaba tan abochornado... Y pensaba también que no querrías saber nada más de mí.

—Al principio, ya lo creo... Cuando leí tu entrevista en la prensa entendí un poco mejor lo que habías vivido. Comprendí que en ese momento no podrías haber actuado de otra manera...

Siguieron hablando de aquel episodio de su historia; a los dos les sentaba bien cerrarlo. En el momento de la despedida, Amélie retuvo a Éric. Necesitaba poner en palabras la situación, sin demora. Quizá fuera ese el principal efecto de la terapia: unas ganas locas de inmediatez. Empezó:

—Perdona, no quiero retrasarte, pero yo también quería decirte algo...

—¿El qué?

—Últimamente he tenido una racha complicada. Le he dado vueltas a muchas cosas y me he acordado de nuestra noche en Seúl. Y me ha hecho feliz. Incluso me digo que fue un momento maravilloso. Con el tiempo entendí que no estaba satisfecha con mi matrimonio, y que vivía en la ilusión de una carrera que no era para mí. Pero aquella noche contigo tuve la sensación de ser yo misma. Eso es lo que te quería decir.

Cualquiera habría pensado que Amélie llevaba preparada aquella parrafada, pero no, las palabras salieron espontáneamente de sus labios. A Éric le supo mal tener que interrumpir aquel momento al margen de todo. Siempre había habido una especie de desfase entre ellos, como si se pasaran la vida intentando coincidir en vano. Le habría gustado sincerarse también, decirle que él había sentido lo mismo. Pero tenía que irse; Isabelle lo estaba esperando. Se despidieron a toda prisa frente al letrero de la entrada; él prometió llamarla muy pronto. Amélie contempló cómo se alejaba. No era así como había imaginado las cosas.

15

Isabelle se había recogido el pelo, cosa que hacía muy raras veces. Iba peinada exactamente igual que el día que se conocieron. Tal vez exista una memoria capilar de nuestras dichas. Cuando Éric entró en el restaurante, ella ya estaba sentada tomando una copa de vino. Él achacó el retraso a una última cita que se había prolongado un poco más de lo previsto. Curiosamente, no desveló la identidad de la paciente. Prefirió guardarse un dato que sin embargo habría dado coba a la conversación. En cierto modo, mantenía el regreso de Amélie en una esfera ajena a los comentarios, inaccesible. Como de costumbre, Éric hacía preguntas para desviar la atención, para evitar hablar de sí mismo. Isabelle le contó cómo había ido el día en el hospital, igual que había hecho cuando estaban casados. Y entonces sacó a colación la noche anterior:

—Fue muy emocionante. Tu discurso delante de los amigos de tu padre...

—Sí, lo he comentado con mi madre hace un momento. Pero...

—¿Qué?

—Para mí, la inauguración de la décima franquicia, en Rennes..., es algo así como el final de un ciclo.

—¿Qué quieres decir?

—No lo sé. A veces me da la sensación de que todo esto no tiene nada que ver conmigo. Yo no soy un empresario. Me apetece tomar un poco de distancia.

—¿Para hacer qué?
—No he pensado en lo que vendrá después. Y creo que no me importa que sea así. Me gusta la idea de no saber...

Éric quizá podría oficiar aún algunas ceremonias, pero ya no quería seguir al frente de Lycoris. Soñaba con cosas sencillas e inéditas. Isabelle lo conocía mejor que nadie; veía en aquel deseo una forma de sosiego. Por fin estaba en paz consigo mismo, dispuesto a vivir sin dejarse llevar por esa voluntad de hacer que a menudo es sinónimo de huida. Su complicidad era evidente; era inevitable que volvieran a plantearse la naturaleza de su relación. Isabelle anunció:

—Yo también me hago muchas preguntas acerca de mi futuro. No quería contártelo antes, porque no es seguro, pero me han propuesto una misión en Senegal.

—Qué maravilla. ¿Vas a aceptar?

—No lo sé. Tengo mis dudas. Quería pedirte opinión.

—...

Éric se preguntó: «¿Me está proponiendo que vaya con ella?». Siempre le había costado adivinar los pensamientos de Isabelle. Alternaba diversos registros, como si tratara de sondearlo antes de expresarse. Él fue al aseo para reflexionar un momento. Frente al espejo pensó en Amélie. Era tan extraño que hubiera reaparecido en su vida *precisamente* aquella tarde. ¿Habría actuado de otro modo si no hubiera vuelto? Quizá. En cualquier caso, se arrepentía de no haberse mostrado lo bastante cariñoso.

Lo había desorientado la belleza de su declaración. Como solía sucederle, iba con retraso con respecto a las palabras que hubiese querido decir. Tal vez debería haber anulado esta cena y haberse quedado con ella. Amélie había vuelto a buscarlo, a su terreno, y él la había dejado marchar.

—¿Estás bien? —preguntó Isabelle cuando Éric por fin se sentó de nuevo a la mesa—. Has tardado mucho.

—Perdona, me he echado un poco de agua en la cara.

—Volviendo a Senegal —continuó Isabelle—, me pregunto sobre todo cuál es la mejor opción para Hugo.

—Entiendo.

—¿Y bien? ¿Tú cómo lo ves?

—Es una oportunidad magnífica para ti.

—...

—Hugo puede quedarse conmigo. Irá a Senegal en vacaciones. Para él también será maravilloso...

Aquel puñado de palabras esbozó el futuro de ambos. A pesar de las vacilaciones emocionales, se hablaban como amigos y buscaban lo mejor para el otro. Era, qué duda cabía, la nueva forma que adoptaba su amor. Nunca aludirían directamente a lo que se les había pasado por la cabeza a ambos. Transitaban con alegría hacia la luz. Varios meses más tarde, Éric acompañaría a Hugo a Senegal, donde los recibiría una Isabelle feliz. Durante la estancia, les hablaría de los ritos funerarios; allí un entierro era tan importante como una boda, una gran celebración, y muchos se endeudaban para que el acontecimiento estuviera a la altura. Incluso se contrataba a plañideras, mujeres de lágrimas profesionales. Debían chillar, sufrir, crear el jaleo del dolor; lo contrario de lo que sucedía en la India, donde el cadáver se velaba en la más estricta quietud para facilitar su paso hacia la siguiente vida. Éric acabaría apasionándose por los ritos mortuorios y trabajando en lo que llegaría a convertir en material de conferencias. Adondequiera que fuera irían contándole anécdotas relacionadas con la muerte.

16

Días después de aquella cena, Lycoris tuvo que hacer frente a un drama. Siguiendo los deseos de su mujer, que lo veía cada vez más cansado, Rafael anunció por fin su retirada. Improvisaron una fiesta; sus hijos y sus amigos hicieron una colecta para regalarle un viaje. Fue una noche alegre, impregnada de esa manera única que tienen los españoles de ahuyentar la melancolía. Pero a la mañana siguiente Rafael se sintió mal; su hija llamó a emergencias. Murió de un paro cardiaco en la ambulancia que lo llevaba al hospital. Él, que se había pasado la vida organizando los entierros de los demás, era ahora el protagonista. Y no había dejado instrucciones, a pesar de que conocía mejor que nadie las dificultades a las que se enfrentaban las familias que se encontraban sin directrices. Siempre había retrasado aquel trámite, pues nunca le resultó creíble para sí mismo. Cuando recibió la noticia, Éric se quedó consternado. Rafael lo había acompañado desde el principio; su presencia había sido determinante. Dejaba a una mujer desesperada y a unos hijos que al final la convencerían de hacer igualmente el viaje previsto, con ellos, todos juntos. La víspera de la ceremonia, Éric llamó a Amélie y fue directo al grano:

—Quería decirte que a mí también me gustó nuestra noche en Seúl.

—Vaya...

—Pero no te llamo por eso. Me gustaría que me acompañases a un entierro...

A Amélie la propuesta le pareció particular, pero empezaba a entender que con aquel hombre nunca nada era previsible. De hecho, al día siguiente, cuando se reunió con él, también se llevó una sorpresa.

—Pero yo pensaba que...

—¿Qué?

—¡¿Un entierro de verdad?!

Durante el funeral, a Éric se le pasó por la cabeza que Rafael iba a levantarse y salir del ataúd.* Consuelo se le acercó: «Gracias por todo lo que has hecho. Ha sido muy feliz trabajando contigo. Siempre se sintió muy vivo cuidando de los muertos, ¿sabes?...». Aquella mujer convertida en viuda lo trastornaba. Dos días más tarde, Éric le anunció al sobrino de Rafael su intención de dejar Lycoris en sus manos. Este cumpliría con creces su labor, justo como su tío había imaginado, e incluso abriría un centro en Madrid y otro en Barcelona. Cuando terminó la ceremonia, Amélie recibió besos de todos los miembros

---

* Deformación profesional.

del clan Gomez, como si fuese la pareja de Éric. Un entierro no dejaba de ser un acto extremadamente protocolario. A última hora de la tarde, cuando se marcharon, fue Amélie quien tomó la iniciativa. Pidió que le abrieran el Museo Rodin, donde pudieron pasear por el jardín buena parte de la noche. Rodeados de esculturas, bebieron vino bajo la mirada displicente del vigilante. Éric preguntó:

—¿Qué has hecho estos años?

—He explorado todos los rincones de la desilusión —contestó Amélie.

—Menuda fiesta...

—No te burles... ¿Y tú? ¿Qué has hecho?

—He vuelto a vivir.

Se sentían muy cercanos. Venían del mismo lugar, tenían la misma edad y los dos, cada uno a su manera, habían pasado por momentos difíciles. Una intuición común los invitaba a creer que un hilo novelesco los unía. Aquel día de duelo volvieron a encontrarse. Amélie le descubrió a Éric la obra que tan importante era para ella: *Soy bella*. Él detectó que aquello ocultaba un mensaje y le pidió que le enseñara *El beso*. Ante aquella escultura se besaron por primera vez. Se marcharon del museo hacia medianoche. ¿Qué iban a hacer? Nunca se les había dado demasiado bien separarse. Una vez más, fue Amélie la primera en hablar: «No podemos despedirnos. Si no, descubrirás de nuevo algo morboso vete a saber dónde, y no volveré a saber nada de ti...».

17

Fueron a dormir a casa de Éric. Los dos estaban deseando estirar aquel momento de descubrimiento del otro, brindar al deseo hábitos de paciencia. A la mañana siguiente, Éric propuso que fueran a algún sitio en coche. Salieron de la ciudad; ella no hizo preguntas. Al cabo de un rato se dio cuenta de que circulaban en dirección a Bretaña. «Ah..., ya entiendo. Nos llevas al instituto...». Él negó con la cabeza. En la autopista hizo una parada para leer un mensaje en su teléfono. Amélie, en su búsqueda incesante de concreción, quería saber qué andaba tramando. Hacia el mediodía se detuvieron delante de un chalet en el extrarradio de Rennes.

—¿Sigues sin querer decirme qué hacemos aquí...?

—En un minuto lo sabrás. ¿Podrás aguantar?

—Lo intentaré...

Éric se acercó a la puerta y llamó. Aquel simple gesto le transmitió la sensación de que acababa de dar a su vida una forma geométrica: la del círculo. Una mujer de más de cuarenta años abrió enseguida; saltaba a la vista que los esperaba. Un perro aprovechó para salir, ladrando a los dos invitados y alterando momentáneamente la concentración de Amélie. El rostro de aquella mujer le resultaba familiar, pero era incapaz de casarlo con un nombre. ¿Qué hacían en aquella casa? Éric, abreviando todas las hipótesis, se giró hacia ella: «Sabía que te haría ilusión ver a Magali Desmoulins...». Amélie exageró de inmediato su entusiasmo y besó a la mujer. Por un momento pensó: «¿Yo soy así de mayor?». Solo envejecemos de verdad al ver envejecer a la gente de nuestra edad. Conque aquel era el objetivo del viaje. Remontarse al origen de la historia. Encontrarse con la chica del instituto, Magali, la creadora del grupo de antiguos alumnos del Chateaubriand.

Varios minutos después estaban los tres sentados en torno a la mesa, frente a sendas copas de champán. Magali era de reencuentros festivos. Su casa rústica poseía una decoración de lo más heteróclita, era una especie de reino de la indecisión. Había, por ejemplo, una silla Luis XVI plantada encima de una alfombra nepalí. Explicó que restauraba muebles para revenderlos en mercadillos de antigüedades. Había, por tanto, cierta coherencia en aquel desorden. Por educación, hicieron varias preguntas a su anfitriona, pero Éric se moría de ganas de ir al grano. Contó cómo había restablecido el contacto con Amélie gracias al grupo de Facebook y, ya que pasaban por allí, querían darle las gracias.

—Qué amable por vuestra parte. Somos la última generación que no contó con las redes para mantener el contacto. Casi todos nos habíamos perdido la pista. Por eso creé el grupo...

—¿Estábamos todos en la misma clase? —preguntó Éric.

—No, añadí a todas las clases de último año de nuestra promoción. En todo caso, gracias a eso he podido seguir vuestras respectivas carreras. Me habéis dejado impresionada...

—No sé por qué —respondió Amélie—. A mí me parece muy bonito que te quedaras en Rennes. Ese apego a las raíces...

Éric la miró, recordando sus primeras conversaciones. Parecía tan fascinada como entonces por aquella idea de los orígenes. Magali, que se sentía bretona hasta la médula, agradeció el comentario. Esto le dio pie a contar un montón de anécdotas de sus años de instituto. A diferencia de la de ellos, la memoria de Magali estaba intacta. Citaba nombres de antiguos alumnos, como Benoît Douvernelle o Célia Bouet, con una soltura desconcertante. Algunas personas tienen un talento especial para el pasado. Éric pensó que había que pararle los pies y volver a lo fundamental. Preguntó:

—¿Por qué creaste el grupo de Facebook? Si querías tener noticias de Fulano o Mengana, podrías haber escrito directamente a esas personas.

—Claro que sí, pero...

—Pero ¿qué?

—Estaba pasando por un momento complicado. Mi marido acababa de dejarme. Había conocido a otra mujer en un tren...

—...

—No sé por qué os lo cuento. En fin, que me vi prácticamente sola con los niños de la noche a la mañana... En aquel entonces, todas las personas que me rodeaban me recordaban a mi marido. No soportaba ya a nuestros amigos comunes. Así fue como me puse a recordar mi juventud. Tenía ganas de recuperar aquella etapa de vida feliz. Todo parecía tan sencillo entonces... Y de pronto se me apareció una cara. La de Thibault Legendre. ¿Lo recordáis?

—Sí —contestó Amélie, sin estar del todo segura.

—No sé por qué, pero me acordé de él varios días seguidos. Recordé que un día me caí jugando al baloncesto en clase de gimnasia. Me hice una herida en la rodilla. Y él se precipitó sobre mí para preguntarme cómo estaba. Y eso que no éramos lo que se dice amigos. Pero me pareció una actitud adorable. Hasta me acompañó a la enfermería. Me encantaron aquellos minutos en el pasillo, apoyada en él mientras me ayudaba a caminar. Creo que me enamoré perdidamente en ese momento. Y sin embargo nunca le dije nada, y apenas volvimos a hablar después de aquello. Era demasiado tímida. No sé por qué, pero se me vino a la memoria esa escena, la del pasillo. Me pregunté qué habría sido de él, y di con su perfil de Facebook...

—¿Y?

—Pues que precisamente me pareció un poco raro, por no decir patético, escribirle así, por las buenas. ¿Qué le iba a preguntar? ¿Si se acordaba de que me había acompañado a la enfermería hace veinticinco años? Entonces se me ocurrió la idea del grupo, para disimular mis intenciones. Así fue como todo el mundo se puso a hablar, y cuando le escribí unos días más tarde ya no me dio ningún apuro...

—Brillante —comentó Amélie—. ¿Y bien? ¿Qué te contestó?

—Poca cosa, la verdad. Al cabo de dos o tres mensajes ya nos lo habíamos dicho todo...

Y se echó a reír; no tenía importancia. La tarde continuó por la senda de su paradójico impulso, entre recuerdos y amnesia. Hablaron de antiguos amigos, y también de profesores, en una sucesión de anécdotas bastante alegres; evitaron las historias trágicas.

Se despidieron con la promesa de volver a verse. No era en absoluto imposible que aquella fórmula de cortesía se concretara cualquier día de estos. «Quizá la vida esté aquí...», suspiró Amélie. Regresar a Rennes. Sus hijos serían mayores de edad al cabo de unos años; entonces serían libres, todo sería posible. Mientras circulaban en dirección a París, Éric también se dejó embargar por ideas de toda clase. Veía la rodilla de Magali. Aquella rodilla a la que debía su felicidad actual. Rememoró el esguince de tobillo que había dado lugar a la muerte de su padre; esta vez, la polvareda del destino soplaba a su favor. Si no se hubiera caído, Magali podría no haber albergado nunca sentimientos hacia Thibault. Estaba también la mujer del tren que había alterado el rumbo de la historia del marido de Magali. Aquella desconocida era un engranaje decisivo del azar. En esto ocupaba Éric sus pensamientos mientras conducía. Sin la rodilla, no habría habido grupo de Facebook de antiguos alumnos del Chateaubriand y nunca habría ido a Seúl; no, sin la rodilla desollada de una chica de instituto no habría sucedido nada de todo aquello, tampoco lo que se disponía a vivir ahora con Amélie.

Esta obra se terminó de imprimir
en el mes de septiembre de 2024,
en los talleres de Impresora Tauro, S.A. de C.V.
Ciudad de México.